汤姆·斯威夫特和飞行实验室

【英】维克多·阿普尔顿Ⅱ　文
燕锐锋　等图
刘庆双　等译

江西·南昌
江西科学技术出版社

图书在版编目（CIP）数据

汤姆·斯威夫特和飞行实验室 / (英) 维克多·阿普尔顿Ⅱ文；燕锐锋等图；刘庆双等译. -- 南昌：江西科学技术出版社, 2018.3（2024.1重印）
（汤姆·斯威夫特丛书）
ISBN 978-7-5390-5890-0

Ⅰ. ①汤… Ⅱ. ①维… ②燕… ③刘… Ⅲ. ①儿童故事－英国－现代 Ⅳ. ①I561.85

中国版本图书馆CIP数据核字(2017)第049774号

国际互联网(Internet)地址：http://www.jxkjcbs.com
选题序号：KX2016082
责任编辑：饶春垚

汤姆·斯威夫特和飞行实验室
TANGMU SIWEIFUTE HE FEIXING SHIYANSHI
〔英〕维克多·阿普尔顿Ⅱ 文；燕锐锋 等图；刘庆双 等译

出版发行	江西科学技术出版社
社址	南昌市蓼洲街2号附1号 邮编：330009 电话：（0791）86623491 86639342（传真）
印刷	三河市嵩川印刷有限公司
经销	各地新华书店
开本	700mm × 1000mm 1/16
字数	114千字
印张	11
版次	2018年3月第1版 2024年1月第2次印刷
书号	ISBN 978-7-5390-5890-0
定价	39.00元

赣版权登字-03-2017-65

前言 QIANYAN

人总是离不开阅读，特别是在现代化信息时代，阅读无疑更是我们难求的一片宁静港湾，让我们有机会去感受、去体悟、去反思、去认证我们的这个世界和未来的世界。

科幻小说是一种起源于近代西方的文学体裁，在尊重科学结论的基础上进行合理设想后形成的文学作品，具备“逻辑自洽”“科学元素”“人文思考”三个要素。科幻小说与一般的传统小说不同，其特殊性在于它与科学技术的发展有着直接的联系，能让读者间接了解到科学原理。但它又是一种文艺创作，它扎根于社会现实，反映社会现实中的矛盾和问题，在科学技术发展的方向上，提供若干有参考价值的预见。有时，某些科学发明尚未出现，科幻小说里则已经进行生动的描绘，如潜水艇、机器人和宇宙航行等。

著名文学评论家布哈伊·哈桑曾说，科幻小说可能在哲学上是天真的，在道德上是简单的，在美学上是有些主观的，或粗糙的，但就它最好的方面而言，它似乎触及了人类集体梦想的神经中枢，解放出我们人类这具机器中深藏的某些幻想。

阅读科幻小说至少让我们有如下的感受:

一、文学的轻松愉悦

科幻小说的主题非常明显，它会涉及“未来”和“未知”、“科学”和“规律”、“生命”和“文明”、“生存”和“冒险”等等，每一本科幻小说都是一个全新的世界，每一次阅读都是一段全新、充满惊喜的精神旅程。

二、科学与严谨的想象

爱因斯坦说过，想象力比知识更重要，因为知识是有限的，而想象力概括着世界上的一切，推动着进步，并且是知识进化的源泉。通过阅读科幻小说，感悟其中的想象力，在人文、哲理的思索上，在思想道德意识的增强上所起到的作用是潜移默化的、是发散性的，其威力是不可估量的。

三、引发科学与理性的思考

科幻小说中的“科学方法”是一种有系统地寻求知识的程序，涉及“问题的认知与表述”“观察与实验搜集证据”“假说的构成与测试”。简单地说就是一个科学理论要经过观察、解释、预测、确认、评估、发表的程序，才能从一个假设发展成原理。科幻小说的“理性思考”就是遵从客观规律、进行逻辑分析的思考方式。

《汤姆·斯威夫特》系列曾是国外流行的科普小说，书中很多的科幻内容今天都已经变成了现实，它曾影响了几代读者，它伴随了很多人的成长。现以中文出版此书，相信书中的情节与科学，也会给中国读者带来同样的快乐体验。

目录 MULU

第一章 天外来信

“汤姆，飞行实验室还要多久可以试飞？”

“爸爸，差不多两周吧。我都等不及要开着它飞上天了。”

斯威夫特先生欣慰地看着这位18岁的发明家。小汤姆和他爸爸长得很像，父子俩都有着深邃的眼眸，但他比爸爸要高一点，也要瘦一些。这个小伙子和他声名卓著的爸爸一样，科学成就都广为人知。他们要去斯威夫特企业集团，在那儿的一座巨型飞机库里，他们建了飞行实验室。

“原子能引擎的速度应该能超过每小时1600千米，喷气推举器能——”

汤姆的话被尖锐而剧烈的响声打断了。一个天外来物从他们身旁擦过，飞过了斯威夫特企业集团的墙体后消失不见了，强劲的尾流使父子俩倒在了地上。紧接着，传来了巨大的响声，地动山摇。

“是炸弹！”汤姆跳起来喊道。

“或是流星！”他爸爸喊道。

父子俩以百米冲刺的速度跑向斯威夫特企业集团的隐蔽入口，汤姆从口袋里掏出一把电子钥匙，照向隐蔽处。大门砰地一声打开了。

工地里一片混乱。工人们从楼群里出来，冲向飞机场远处一个巨大的裂口。汤姆跑在爸爸前面，先来到了裂口处，只见地上的裂口硕大无比。

“天哪！”有个工人喊了出来，“那个大洞都能塞进去个消防站了！”

天外飞来的庞然大物在地里埋得太深看不见了，洞口的土开始向里面陷去。

“是什么东西？”模具部总工程师汉克·斯特林问道。

汤姆摇了摇头，说：“可能得把周围挖一挖才能知道。有人受伤吗？”

“应该没有。”

好在事发时周围没有人，但是附近几幢楼的玻璃都震碎了，架子上和桌子上的小玩意也被震得满地都是。

斯威夫特先生这会儿已经赶了过来，他马上命令人开始挖掘。汤姆和汉克迫不及待地想知道那个巨型液压挖掘机会挖出来什么东西。

一小时后，导弹周围的土都清理干净了，梯子搭进了坑里。汤姆抢先下去了。

“不是天然的流星。”他仔细看着这个黑色的雪茄型装置侧面的奇怪刻字说道，“这是机械制造的，而且只有高智商的人才能看懂这些数学符号。”

斯威夫特先生和汉克也沿梯子进到坑里。他们对这个导弹上的刻字也很感兴趣。

汉克问：“你觉得这是其他星球的生物穿过太空发射来，给地球人传信的？说不定就是传给你们斯威夫特家人的。”

“要真是传给我们家的，那也发射得太精准了。”汤姆说。

“你能看懂那些符号是什么意思么？”汉克问道。

“我觉得是用等式传达的密码。”斯威夫特先生说。

斯威夫特父子俩从口袋里掏出笔记本计算起来。汤姆写了一页后，抬起头来，满脸疑惑。

“要把这个算明白，一个本子不够。”汤姆说，“得等一下。我想看看地震有没有震坏飞行实验室。”

他匆忙地爬上梯子，他爸爸和汉克跟在后面。斯威夫特家这几人原路返回到隐蔽入口附近的一幢楼里。楼内屋顶宽阔平坦，和地面间只有几米。汤姆又拿出了电子钥匙，输入了另一种密码组合。

地下飞机库的门开了，父子俩沿着又长又宽的抛光钢板楼梯走了下去。

在他们面前地上的，就是飞行实验室，巨大的银色机身和“V”形机翼几乎占满了整个飞机库。尽管看起来没什么问题，汤姆还是把各处都系统地检查了一遍，确认这价值连城的战舰丝毫无损才放心。

斯威夫特先生已经去了地下飞机库父子俩共用的私人办公室，继续攻克天外飞来的数学谜题。这间办公室里存放着他们最有价值的计划，也用来召开机密会议。汤姆这会儿也到了办公室，告诉爸爸飞行实验室一切完好。

“如果它能挺过那么强的地震。”斯威夫特先生说，“那一定是坚不可摧了。你该为它感到骄傲，汤姆。”

“但是就算有原子发动机和喷气推举器，要是没有您巧妙的发明，它也不能长时间飞行。爸爸——我说的是妈妈用咱们俩名字命名的那个发明。”

“哦，你是说托马塞特塑料。”斯威夫特先生说，“确实，用这种塑料来包裹核反应器比那种老式的铅和水泥的外壳要好。我相信，吸收辐射的效果也会更好。”

斯威夫特先生很高兴，汤姆从很小的时候起，就显示出了和自己一样的发明天赋。到汤姆大一些了，能够进行科学研究了，斯威夫特先生就亲自教儿子。现在，汤姆已经成了全国最博学的年轻发明家之一。

更重要的是，汤姆对飞行有着浓厚的兴趣，他已经成了一名专业飞行员，也学会了造飞机的全部知识。几个月前，汤姆想到要建造飞行实验室，这想法令爸爸很是惊喜。

几年来，斯威夫特先生一直相信，离子层和地球深处一定隐藏着有利于人类的无价秘密。汤姆向他说明飞行实验室的计划时，他便督促汤姆马上着手建造这艘巨型飞机。

“您从那些符号里看出什么了吗？”汤姆问爸爸。

“还没有。象限外还有个象限——”

斯威夫特先生继续计算起来，声音低了下去。汤姆也拿出铅笔来解等式，这时电话响了。

“我是汤姆·斯威夫特。”他说。

“这里是《肖普顿晚报》。我们听说有颗流星坠落在您家院内。但是您家门卫不让记者进啊！”

汤姆笑了。门卫们永远那么忠于职守！

“抱歉，先生您贵姓——”

“帕金斯。一定要把情况告诉我们。”

“会告诉你的。”汤姆平静地说，“有块特别大的矿物掉进我家机场地里了。我们还没有时间细看，晚点再告诉你吧。没有人受伤，也没损坏什么东西。”

“没别的了吗？能拍张照吗？”

“我们会帮你拍一张。”汤姆挂了电话，看着爸爸，双眼放光。“我们给他拍张看不到那些符号的怎么样？”

“行，汤姆，我想晚点再向外界通告详情。我有点相信汉克所说的了，这个天外来物就是让咱们俩来弄明白的。”

“好的，爸爸，晚点再说。”

“还有，汤姆，是不是该给瑞普考德写信，告诉他飞行实验室要试飞的事了？”斯威夫特先生问道。

“我今天就写。”

斯威夫特家的朋友瑞普考德是名顶级飞行员，和他们交情深厚。他看过飞行实验室的计划，父子俩也许诺试飞前一定请他先把关。

快到中午时，汤姆在忙着检查飞行实验室的推举器，响亮的说话声从飞机库外传来。

“哇，请我坐飞机呀！看起来我回来得正是时候！咱们就乘这个去环游世界，嗯？必须说，太帅了。”

古铜色皮肤的乔·温克勒远远地站在那咧嘴笑着。他嗓门很大，总是无忧无虑。在斯威夫特家所有的探险中，都是他担任厨子和管家。他身穿红绿相间的亮色格子衫，手里还拿着顶宽边呢帽。

汤姆跳上前去，向他问好。

“乔！欢迎你回来。旅行怎么样？”

“很好。我熟悉的家乡和几年前一样好，我没加入你们时就在那儿生活。我和那帮牛仔朋友们玩得很开心，还有……”他自豪地敞开外套，捏起衬衫说，“我这个宝贝是在福特·沃斯发现的。”

汤姆捂住了眼睛。

“哇！五颜六色都把我闪晕了！”然后他又热情地说，“乔，见到你太好了。我们很想你。”

乔真名叫查尔斯，以前在A国西南部当过多年流动炊事车的厨师。一次，汤姆和爸爸在一片牧场附近做原子研究时与乔相识，当时他在那儿工作。很快，他就和汤姆成了好朋友；斯威夫特家的探险队回到北部时，乔决定加入他们的队伍。

“看，门卫把这个漂亮的幸运物戴在我胳膊上了——是个不知道叫什么的电子玩意！”

“你是说这里的一种电子腕表吧。”汤姆笑道，“乔，没有了那个小手镯，我们的雷达显示器就忙不过来了。”

“怎么会呢？”乔问道。

“听起来复杂，其实很简单。”汤姆解释道，“那个小手镯能够把雷达脉冲阻挡在雷达显示器之外。在主楼上方有台大型显示器，谁都能看见；但在地下飞机库的办公室，还有一台特殊的显示器。”

看到乔满脸疑惑，汤姆继续解释道：“所以，不带腕表的人进来，总会有一台显示器上出现个小亮点。我们通过这种方式来观察有没有间谍潜入。”

“哦，要是我进来，你们亲爱的雷达就放假吧。”乔笑道，“我只想过来看看你们是不是都好。”

“等会看看我们在飞行实验室里给你设置了什么吧。”汤姆说，“对了，我们给它起名叫‘蓝天女王’。那三层舱里什么都有，有——”

“三层舱？你是说眼前这个‘蓝天女王’有三层？”乔头向后仰，看着这艘巨型飞船，差点倒头着地。

“对呀。”汤姆答道，“来，我领你进去看看。”

汤姆爬上梯子，穿过机翼下方的一个舱门，乔跟在后面。

“第一层有一部分是做储物间的。”他们进入第一层的时候，汤姆解释道，“备用的设备、实验器材和行李都放在这。再看看这头。看见通向外面的那些滑门了么？门后是飞机库。我们要带上两架小飞机——一架叫袋鼠袋的小蒸汽机和一架叫滑行船的蒸汽式直升机。”

乔瞪大了眼睛，问道：“厨房在哪？该吃饭了！”

“马上就到。”

接着，他们走上一条狭长的钢骨台阶，进入了飞船内最宽敞的区域。前方是控制室，里面有飞行员和副驾驶的座位。墙上布满了刻度盘、开关和各种小玩意。乔擦了擦眼睛。

“天啊，你得需要一大组人来控制这些按钮和控制杆了。”

汤姆笑了：“乔，一切都设计得非常简单，‘蓝天女王’差不多自己就能飞了。上飞船的只有爸爸、我的朋友巴德·巴克利、你，还有我。”

这位大厨难以置信地摇了摇头。

“那实验室在哪？”

“机身中央。它与机身其他部分隔离，是隔音的空调间，其实包括不止一个房间。有一间是物理实验室，还有一间化学实验室。还有一个地方是做动物实验的——”

“等等！”乔受不了了，“我们还要带上个动物园？”

汤姆大笑起来：“说不定哪天就带上了。”

他关上滑门，开了灯。巨大的房间被高高的墙体分成了几个小隔间。乔目瞪口呆地看着物理间，里面有1.8米高的电子显微镜，还有吸收X光、紫外线和红外线的仪器。

他摇了摇头。“太壮观了。”他说，“但我有点跟不上。我还是在厨房好了。厨房在哪？”

汤姆看这位大厨耐不住性子，笑了起来，领他上了三层。三层前面是舒适的带窗休息室，有舒适的椅子，还有个小图书馆，里面有科学书籍和杂志。在这后面是睡觉的地方，最后面是厨房。乔看着厨房现代化的布局，感到很惊喜。

“哇！”他说，“我一定给你们做几道好菜！”

他正想好好看看这个新地盘时，斯威夫特先生焦急的声音从一楼传上来：“汤姆！汤姆！快到我办公室来！快点！”

汤姆冲下台阶和梯子，走过混凝土地板，到了办公室，只见爸爸双手拿着一根碎了的电子射线管站在那。

“爸爸，怎么了？”

“我们的雷达装置坏了！”斯威夫特先生喊道，“看这儿的时间记录，有人早上3点19分闯进来过！”

“有人不用戴腕表就能进来这儿？”汤姆半信半疑地大声问道。

斯威夫特先生表情严肃：“对。根据雷达时间记录，有人在这四下打探了五分钟，然后打坏了雷达装置。不知道他之后在这待了多久，也不知道他有什么目的。”

“这个人肯定没藏在飞行实验室里。”汤姆说，“我刚在里面走了一圈。奇怪的是，根本没人报告说看见室外的雷达仪上有亮点。可能闯进来的人还在这儿没走呢！”

斯威夫特先生打电话提醒自家警卫时，汤姆从办公室跑了出去，上了台阶走到了地面。他在外面跑来跑去，四下观察着。

这时，已有很多身着制服的警卫跑到安排好的地点进行调查，其他人开车快速散开。这样，方圆6千米的范围都能检查到。

汤姆截住一名警卫，问他是否在主显示仪上发现了什么。警卫说什么都没发现，就匆忙离开了。

“地面都检查到了。”汤姆自语着，“但零件仓库——没人检查那儿！”

汤姆向大仓库跑去，冲进了里面，正好看见一个矮个儿、头发黑亮的年轻人转过身，从后门窜了出去。那个人在一些空的包装箱附近不见了。

汤姆在后面追他，在穿过几个大板条箱的时候，只听见身后有响声。汤姆转过身，瞥见闪亮的黑眼睛与他的目光交错而过。

接着，他感到头部受到了重重一击。汤姆倒在地上，失去了知觉！

第二章 偷袭

警卫们在地面上全面搜索时，汤姆的爸爸从飞机库里匆匆赶了过来。他开了门，四处张望。一个工厂警卫向他跑来，紧张地高声说道：“斯威夫特先生，还没有抓到人。有人发现主雷达显示器信号中断了。”

“什么！”

“已经报告给工程师了。”

“好！汤姆去哪儿了？”

斯威夫特先生问了几个警卫，他们都忙着抓人，没人注意到那位小发明家。爸爸担心汤姆遇到麻烦，他准备自己去找时，一个熟悉的声音叫住了他。

“斯威夫特先生！这里的气氛怎么这么紧张？机场地上有个洞，警卫到处狂跑——”

说话的是性格粗犷的巴德·巴克利，他是汤姆最好的朋友和副驾驶。巴德之前外出测试要装进飞行实验室里的小型直升机。

斯威夫特先生简单解释了一下早上的紧急状况。

“我帮你找人。”巴德主动帮忙。

最近的建筑就是那个大型零件库了。巴德快速跑到零件库后面，看见三名警卫正在里面仔细搜索。

外面是几个空包装箱。巴德快走到箱子那儿时，被绊倒在一捆很重的帆布上。下面有东西在动！巴德把帆布拽到一边，眼前的景象让他目瞪口呆。

汤姆躺在那里，一动不动，也没有反应！

巴德马上看了看汤姆的情况，然后叫楼里的警卫把斯威夫特先生找来。

他大声喊道："汤姆受伤了！"

3分钟后，警卫带着汤姆的爸爸回来了。巴德给汤姆做了急救，斯威夫特先生让警卫去取些凉水和帮助恢复的药来。拿来以后，他们都给昏迷中的汤姆用了。

过了一会儿，汤姆坐了起来，头昏眼花地看着周围。

他爸爸和巴德焦急地问道："你还好吗？"

"应该还好。那个人下手太狠了。"

"什么人？"巴德追问道。

"我刚才追的人。我猜，他就是闯进办公室的家伙。"

斯威夫特先生问道："那人长什么样？"

"很瘦，很黑，很矮。大约25岁。"

斯威夫特先生马上派警卫通知工厂所有人按照汤姆描述的入侵者的样子去寻找。

巴德·巴克利突然大声说道："糟糕，我把滑行船停在跑道外的树林那边了。如果那个人会开飞机，他可能会开上逃走！"

他话音还没落，人已经疾速冲向了树林。巴德的足球和田径都很出色，他以破纪录的速度从飞机库跑到了斯威夫特企业集团

围墙尽头的树林里。

他刚进树林，就听见前面不远处有引擎启动的声音。

“如果那就是打了汤姆的人，我就来晚了！”巴德自语道。

过一会儿，他到了之前停放直升机的小空地，飞机刚刚飞走。巴德冲向滑行船，想趁还够得着座舱的边缘，把自己拉上去，结果差了一点，没抓到。但他看清了那个头发黑亮的飞行员的长相。直升机升起，从树林上空飞走了。

“他是逃不掉的！”巴德咬牙切齿地说。他又赶快回到汤姆父子俩身边，喊道：“他偷走了滑行船！我要开蒸汽机去让他迫降！”

“我和你去！”汤姆大声说。

“等等！”斯威夫特先生提醒汤姆说。

“我没事，爸爸，真的没事！”汤姆很坚决。

“你确定没事吗，汤姆？被打得那么重，你最好多休息一会儿。”

汤姆点点头，就跟着巴德去了飞机库。机械师帮他们推出来一架蒸汽机。巴德开着飞机滑行到起飞位置，很快就直入云霄了。

“那个人往这边飞了。”他说着向南变了向，“这么短时间，他走不远。”

但是，两个男孩发现“猎物”逃跑的速度比他们估计的快多了。他们在乡村上空飞了个来回，也没见那人的踪影。

“但他能去哪儿呢？”巴德看到陌生人瞬间消失惊呆了，“这么几分钟，不可能降落直升机，再藏起来。”

“可他做到了。”汤姆也是百思不得其解。

换汤姆驾驶飞机了，他尽量低飞，擦过树顶，巴德则仔细地看着地面。他们没能找到直升机，汤姆把飞机开得高了些，巴德用强力双筒望远镜仔细搜索着乡村，但还是白费功夫。二人回到了斯威夫特企业集团的飞机场。

巴德非常冷静。他说："是我把滑行船弄丢的，我本该把它锁起来。我会把它追回来的！汤姆，那架飞机是我们的梦想之作。驾驶它就像推婴儿车一样自如。我能把它降落在一毛硬币上，还能找你九分零钱。"

"我希望你很快就有机会再演示一遍。"汤姆说道，"我这就给警察局打电话，告诉他们直升机不见了。"

他们给警察局打完电话以后，去了地下办公室，告诉斯威夫特先生任务失败。斯威夫特先生和他们一样，对于直升机的失踪疑惑不解。

"它的前冲速度一定比我想的要快多了。"他说。

"肯定非常快。"巴德说道，"我想知道那个贼要在这窥探什么。您能想到什么原因吗，斯威夫特先生？"

"我也一直想呢。"期威夫特先生答道，"但这些橱柜里有这么多图样和仪器，可能用来——"

斯威夫特先生边说边把抽屉一个一个拉开，突然发现有一个抽屉空了。

"答案揭晓。"他语气很沉重，"汤姆，我们的超级盖格计数器图样和参数都不见了！"

"等等！"

小发明家几步穿到房间的另一个柜子旁，猛拉开最下面的抽屉，脸上展现出释然的微笑。

"爸爸，计划只丢了一半。另一半我昨天放在这儿，和微模型放在一起了。"

巴德大笑起来。"这可真是给'油头小子'的惊喜啊！"说着又严肃起来，“但我不明白他到底是怎么进来的。得用特殊钥匙才能进来，对吧？”

“说得对。”汤姆别有深意地看着爸爸，“您觉得会不会有内奸？或者是里应外合？”

“那样的话，就解释了为什么室外雷达被人动了手脚。”巴德说，“可能是哪个工厂的工人切断信号，再让外面的同谋进来。”

“我不想怀疑这儿的任何一个人。”斯威夫特先生说，“但我们还是要把所有可能性都考虑到。”

于是，他们几人匆忙赶到了工厂的主办公室，员工档案都存放在那。他们开始动手检查，检查了半个小时，却没有发现任何可疑人物。

“咱们继续。”斯威夫特先生语气凝重，说着又打开了一个抽屉。

他们开始检查第二摞档案时，有人敲门。斯威夫特先生迅速把档案收了起来，汤姆去看来的是什么人。

“是亚瑟·罗伯茨。”他扭头说道。

罗伯茨以前给斯威夫特家工厂当过多年的工具设计师。精密的近距离工作强度过大，损伤了他的视力。所以，就让他在实验站当值晚班的负责人。

“让他进来。”斯威夫特先生说。

看到罗伯茨在门口的样子，屋内三人就知道出事了。他脸色惨白，面容憔悴，眼袋也很重。他缓慢地摘下帽子，他们注意到罗伯茨的手有点发抖。

“说吧，罗伯茨。”斯威夫特先生说。

罗伯茨清了清嗓子，沉重地说道：“我有事要坦白。超级盖格计数器计划的丢失是我造成的。”

第三章 科学盗贼

汤姆和爸爸惊讶地看着眼前的罗伯茨。

“罗伯茨，是你？”斯威夫特先生问道，“但你为我们工作这么多年，我们可把你当作自己人啊！”

罗伯茨的头垂了下去：“我知道，但我也是身不由己。”

“说说到底怎么回事。”斯威夫特先生说。

罗伯茨开始讲述：“昨晚，我刚锁好地下飞机库的门，要去进行整点巡逻时，有一个陌生人来找我。看长相，他就是汤姆说的把他打晕的人。不知道他是怎么进来的——反正不是从大门进来的。他说他是半球协会的成员。”

“半球协会！”斯威夫特先生喊出声来，“成立这个组织就是为了保护西半球，汇聚信息和资源的！”

“我知道半球协会非常重要，所以我问他想干什么。”

“然后呢？”

“他说想看看你们新的盖格计数器计划。”

“他是怎么知道的？”汤姆激动起来，“这是飞行实验室的秘密武器之一！”

“斯威夫特先生，我和他说，没有您的允许我不能让他看。”罗伯茨继续说道。

“然后怎样了？”

“他掏出枪，说他提醒过我了——他甚至知道我儿子约翰现在在南美。您知道，约翰是那的化学家，也给半球协会工作。”罗伯茨的声音沉了下去，“我想他是在寻找铀。那个人说如果我不告诉他在哪能找到计划的话，约翰和他妻子都会遭殃。”

“然后你就说了？”

“我是别无选择。”

“你领他去地下办公室了？”汤姆问。

罗伯茨点点头：“他打开文件柜，开始乱翻，还不忘用枪指着我。他找到计划时，我想要抢过来，但他用枪打了我的脑袋，我就昏过去了。昏迷了几个小时——刚刚才醒过来，发现在自己家里。”

“你怎么回家的？”巴德问道。

罗伯茨很困惑地耸了耸肩：“我妻子说我是早上4点回家的，但我什么都不记得了。”

几个人明白他是得了轻微脑震荡，自己回了家但记不得了。

“我赶紧过来告诉你们发生了什么，也看看那个盗贼是不是还拿了别的东西。”罗伯茨说，“昨晚的事，我真是太内疚了。”

“你能活着就很幸运了。”汤姆说，“那么到现在，我们只知道这位‘客人’开走了小直升机，还拿走了超级盖格计数器一半的计划。”

“一半！”罗伯茨喊出了声。他呻吟了一声说，“那他还会回来拿另一半的。”

“他敢！”巴德声音高了八度。

但罗伯茨可不这么确定那人不敢再来。

“还有些事我得告诉你们。”他说，“我给约翰写信说了超级盖格计数器的事。我真不想承认——但是这封信可能被敌人看了，昨晚的盗窃就是后果。”

斯威夫特先生深思道：“我不确定你儿子给半球工作和我们遇到的麻烦是不是一定有联系。我建议你给约翰发电报，提醒他一下。如果这确实是一些敌对团伙的行动，他们可能会威胁到你的家人。”

罗伯茨感谢了老板，听他的建议赶快去办了。剩下的人开始讨论起更有效的安保措施。

“弄一个能摄影的电视监测器怎么样？”汤姆提议说。

“就这么办。”他的爸爸表示赞成，然后下令让工程师们安装几处这样的监测器，再把两处雷达装置修好。

“我真想亲手收拾那个伤了你的‘油头小贼’，汤姆！”巴德脱口而出。这位副驾驶的毛衫双肩接缝处棱线很重，能看到他宽阔的肩膀紧绷着。

“我还是亲自给他点颜色看看好了！”汤姆说道，他瘦而有力的双手不自觉地攥成了拳头。

“他显然会开直升机。”巴德大声说，“可能他从树林里开自己的直升机进了我们的地盘，进来找盖格计数器计划时，让同谋把飞机开走了。”

“有可能。”汤姆说，“但我敢打赌，他是从直升机搭梯子下来的，然后他的同伙把飞机开走，本打算今晚再回来接他。”

“但他刚才来了次免费游。”巴德说，“我不明白的是，主雷达显示器怎么没监测到他进来。”

汤姆打了个响指。“我知道了！他一定是有自己的腕表，或者是别的什么反雷达装置。”

“这证明了他是科学家，是个危险的敌人。”斯威夫特先生说，“肯定是直升机驾驶员使用了什么装置，才让他朋友在这降落，还切断了我们的雷达信号。”

“但是他们不可能知道地下飞机场有雷达显示器。”汤姆说。

“实际上，那些图样丢了我倒不太难过。”斯威夫特先生说，“那个发明还没有我们期待的那么好。”

“哪里不好呢？”巴德问。

“长时间工作的话敏感度不够。我们之前是希望让它升空到一定高度，来检测矿物质。”

“能用在火星上吗？”巴德的想象力被激发起来了。

“有可能。”斯威夫特先生笑着说，“但实际上，我们想找出一些可能悬浮在太空中的未知元素。”

“你知道，来自分离原子的辐射切断管子里的气体，能引起轻微的爆炸。这个东西连到扩音器上，能把这种小爆炸放大成我们能听见的信号。”

“大气中的宇宙射线让计数器缓慢敲击，我们把这叫作‘背景计数’。如果计数器离铀和镭近的时候，就会开始嘎嘎作响。”

“但是，我们目前接收的信号还不够强，不能达到预期效果，我们需要从远处就能收到信号。”

“使用重一些的气体怎么样？”汤姆提议说，“可能信号会强些。”

“你这个思路可能有用，儿子！混合气体可能正是我们需要的。”

斯威夫特先生说要马上去飞行实验室，开始用更敏感的气体做实验。他离开办公室以后，巴德说：“这些价值连城的点子我可听不懂了。我说，教授，盖格计数器到底怎么查数呢？是一、二、三、四这样吗？”

“当然啦。”汤姆轻声笑着说，“你的物理是怎么及格的？”

“那么，盖格计数器是脉冲计数。”巴德说，“我看，充气的管子里是一群受过训练的跳蚤。近处出现铀的话会使气体升温，跳蚤们就会来回跳。”

“对。”汤姆假装正经地回答道，“然后跳蚤跳起踢踏舞，也就使盖格计数器开始嘎嘎作响。”

巴德大笑起来。“你可有机会收拾我了。”他说。

这时，内线办公电话响了，汤姆接起了电话。

“你妹妹在大门那儿。”斯威夫特家的私人秘书特伦特小姐告诉他，“桑迪说出事了。她让你现在出去！”

汤姆把消息告诉了巴德，二人很快来到地面，想知道桑迪·斯威夫特有什么事要告诉他们。桑迪是个漂亮的女孩，比她哥哥小一岁，外表和性情都很像他。

他们看到桑迪骑在马背上。马跑得太用力，汗水湿得它全身发亮，并且它紧张得四处腾跃，它的主人看起来也很紧张。

“怎么了？”汤姆问道。

“刚才发生了件可怕的事。”桑迪脱口而出，“我骑马走在老贮木场路上时，一架小直升机正好落在我面前，很像你们的新飞机！”

汤姆和巴德对视了一眼，不知说什么好。被盗的飞机找到了！

“飞行员把它开到了几颗大柳树下。”桑迪继续说，“然后一下子冲到路中间来。真把我吓坏了，他直接向我冲过来，抓住了马的缰绳。但正好有辆农用卡车开了过来。飞行员拔出枪，让司机停车。

“他对我喊，警告我不准告诉任何人看见他的事，然后爬上卡车，让司机把车开走了。”

“那直升机就是从我们手里偷走的！”汤姆说，然后给桑迪简单讲了下被盗的事，“我们得抢回来！”

“要小心。”桑迪提醒他们，“那个人看着就很邪恶。”

“别担心。”汤姆说，“我们得抓紧时间。走吧，巴德！”

第四章 危险的呼唤

15分钟后，二人把巴德的车停在那人遗弃小直升机的地方，它正好被小溪旁的柳树丛遮住。

“难怪我们在空中看不见。”巴德开直升机门时嘟哝道，“那些柳条垂下来就像拉起了窗帘一样。”

两个小伙子把滑行船推了出来，汤姆爬进了飞机。过了一会儿，他向下喊话说，显然那个贼没有乱动控制台。

“我飞回去。”他说，“工厂见。”

巴德在下面远远地开着车，汤姆开着飞机转了几个急弯来确保那个奇怪的飞行员没有在哪动手脚。汤姆下了飞机，看见桑迪在等他。

“我真高兴直升机找回来了。”她说。

“我也是，桑迪。算是在这起盗窃案中算清了一笔账。但你可不要再自己骑马在乡村小路上走了。”

“当然不能了。”她许诺道，“至少，在抓到那个吓人的枪手之前是不能了！”

“我得给警方打电话，告诉他们直升机找到了。”汤姆说。

警察机长告诉汤姆，他已经从卡车司机那听说这事了，也发布了警报。几天过去了，还没找到盗贼的踪影。

汤姆一直忙于飞行实验室的工作，监督不计其数的细节，因为一旦升空，每个细节都将关乎整体机组人员的生死存亡。但他依旧随身带着一份神秘导弹上的符号副本，每天时不时掏出来看。破译符号中的神秘信息已经成了汤姆和爸爸的消遣。每天晚饭时，父子俩都要对比笔记上的运算结果。

“有进展么，汤姆？”终于有天晚上，斯威夫特先生眼中闪着光问道。

汤姆就在这天计算出了小圆与大圆的直径比，得出结论认为大圆指的是地球，小圆是火星。这信息可能是火星的科学家们发来的。

“有，爸爸，我得出一个结论。”汤姆答道，“那两个相交的圆——我算出它们代表的是地球和火星。火星上肯定有人想传达重要的信息给我们。”

斯威夫特先生大笑起来：“看来，咱们俩的比试还真是旗鼓相当啊！”

“我希望能有多点时间来研究这些符号。”汤姆说，“但是我会尽力在飞往电离层之前解开谜题！”

一天临近中午的时候，汤姆做完了“蓝天女王”上储物间物品的统计表，想要去厨房。他看见有工人去吃午饭，才感到自己也饿了。路上，他注意到了一些明线电线。

“嗯。”他观察了几秒，自言自语道，“这些电线是连到回转安定器上的，但不应该穿过横梁。这样可能起火。”

年轻的发明家从口袋里掏出手电筒，仔细地检查了一下。他觉得自己是对的，但他还是决定先检查一下蓝图，再去和工人谈。他快步走到办公室，研究了一会儿详细的图表后，决定布线必须得改动。

汤姆从办公室出来，突然停了下来。他抬头看见有烟从飞行实验室的通风口冒出来，把他吓坏了！他脑海中出现了火灾的场景。

“但是烟是从三层出来的。”他注意到，“不可能是那段明线造成的。”

汤姆抓起灭火器，从飞机的内部通道冲了上去，却和一个向下跑的人撞到了一起。

“乔！什么着火了？”

大厨乔着急往楼下跑，被烟呛得不停咳嗽，还直流泪。

“我要出去。”

“是厨房着火了吗？”

“厨房？没有，没有。厨房没着火，是我的发明着火了。”

“你的发明？”汤姆惊讶道。

乔伸出手来，手中有个黑东西。“就剩这个小丸子了。”他很不开心，“汤姆，这个是浓缩的脱水菠菜——能做一大锅呢。”

汤姆听了狂笑不止，瘫坐在台阶上。“飞行实验室遭到破坏——用的就是这些菠菜丸！”他大笑着说。

乔愤愤不平地看着这位发明家，肺里呛进的烟还是让他咳嗽不止。

“我肯定能弄明白。”他宣称，“我本来是想用菠菜给你的午餐来个惊喜，那我再想点别的吧。”

“来个美味的牛排吧，求你了。”汤姆作央求状。

电工们吃完午饭回来，汤姆告诉他们明线的情况，然后去了主楼里他和爸爸共用的办公室。他爸爸在办公室里，对他说："罗伯茨已经收到了他儿媳发的电报。他的儿子和一组科学家进山探险了，希望他一切都好。"

斯威夫特先生话音刚落，对讲机响了。

"大门口有人要见您和您的儿子。"特伦特小姐说。

"我们正忙着。"汤姆的爸爸答道，"你知道，我在——"

"很抱歉，斯威夫特先生。但是我相信您会想马上见他的，他说他是半球协会的人！"

汤姆和爸爸从办公室两头惊诧地对视了一下。

半球协会来的！会是那个袭击过罗伯茨和汤姆的人吗？他还敢冒险再到这来吗？

"带他进来！"斯威夫特先生吩咐秘书。

在到访的人进来之前，汤姆按了按钮，还收起了工作台，把台上的计划和物件都悄悄地滑进墙里看不出来了。

"爸爸，我们得提防着点！就算不是同一个人，也可能是同伙。他在这儿时，最好就让他和咱们待在一起。"

"说得对，汤姆。"

"卡洛斯·里卡多先生到。"特伦特小姐很快带着客人进来，报告道。

汤姆立刻认出来他并不是把自己打晕的人。这个人年纪要大一些，看起来也没那么敏捷。

"先生们，请允许我介绍一下自己，可以吗？"斯威夫特父子俩做完自我介绍，这个陌生人说道，"我是半球协会新当选的主席。"

他从衣袋里掏出会员卡和信件作为证明。父子俩仔细看了看，觉得很满意。

“我们久仰斯威夫特企业集团大名。”里卡多先生开始讲，“半球协会希望能有幸与著名的斯威夫特父子俩合作。”

“如果半球协会真像我们听说的那么好。”斯威夫特先生应答道，“能够合作是我们莫大的荣幸”。

他和汤姆感到这位陌生人很坦诚，之前的疑心已经消除了。

三人在友好、和谐的谈话中放松了下来。

“以后我想再去南美。”汤姆说道。他没有说出来，但心里想的后半句是“——最好的方式就是驾驶‘蓝天女王’去。”

“可能很快就能再去。”对方的回答令他吃了一惊，“你这么年轻有为，在我们的科学杂志里已经广为人知了。这也是我今天来斯威夫特企业集团的原因之一。”

汤姆满怀期待地坐直了身子。

“说实话。”里卡多先生说，“在我们国家有一群人正在生事，叫凡拉诺人。凡拉诺是个分裂的政权，由从祖国分裂出来的叛军统治。他们不断与我们展开游击战。”

里卡多先生透露，凡拉诺是半球协会工作中的一大障碍。

“为什么呢？”汤姆问道。

“我们集团正在寻找未被发现的铀资源。”他回答说，“是一位老探险家提供的线索，我们相信在凡拉诺边境有价值连城的放射性物质。但是绝不能落入叛军手中！”里卡多大声说。

“他们会知道怎么利用那些资源吗？”汤姆将信将疑。

“会的，会的。他们会把资源卖给对美洲不利的敌对势力手中。我们要阻止这一切发生！”

“这些叛军——他们肯定不是普通的游击队。”斯威夫特先生说。

“成员都很残酷无情。”里卡多先生表情凝重，“半球协会派了一支科学探险队去边境，但我们担心叛军可能会对他们使用卑鄙手段。我们收到探险队最后的无线电消息是两周前了。”

“爸爸！那可能就是约翰·罗伯茨所在的探险队！”

“你说什么？你认识约翰·罗伯茨？”里卡多先生惊讶地问道，“他是半球协会最出色的科学家之一。”

斯威夫特先生讲了他们相识的过程：“他爸爸在我们这工作。约翰小时候我们就认识他了。这个消息真是糟糕。”

“但你不会将我担心的事告诉他爸爸吧？”

“不会的。”斯威夫特先生表示，但是却始终皱着眉头，因为罗伯茨可能很快也会听说这件事。

“我们的科学团队里都是高手。”里卡多说道，“很奇怪他们这么久都没什么消息。这会儿，那些叛军可能逼迫罗伯茨和其他人帮他们找铀呢！”

“你觉得科学家们不会听叛军的？”汤姆问。

里卡多先生绝望地摆了摆手。“他们又能坚持多久呢？”他在椅子里身体向前倾了过去，“这正是我想问你们的一个非常重要的问题。”

“你和你爸爸愿意来帮我们阻挠这些危险的叛军吗？”

第五章 间 谍

汤姆盼着爸爸关于南美洲问题的答复，眼中闪着急切的光。这会是一次惊天历险！

“我们需要斯威夫特家族的帮助，也需要你们的奇妙发明。”里卡多先生手按着箱子继续说道，“要用来寻找失踪的科学家，还要研究存在铀矿床的地点。”

“我愿意！”汤姆喊道，“爸爸，你呢？”

斯威夫特先生要更谨慎些，他问里卡多的政府有没有找过那些科学家。

“尝试过，但没找到。”这位南美人士回答道，“我们相信，如果有个北美国家的人去那，那些叛军就不会——怎么说——注意到。”

汤姆更加迫不及待了。他想去解救约翰·罗伯茨，得赶在他屈服于叛军的折磨之前！

“我们怎么答复取决于要求我们什么时候开始合作。”斯威夫特先生说，“我和汤姆这几周在这有重要的任务要完成。这段时间里凡拉诺不一定会发生什么。”

“是这样！是这样！”这位访客也是这么想的，“当然，我会随时向你们通报那边的进展。但我确定，在这期间科学家们不会向叛军投降帮他们寻找铀资源的。他们会坚持到最后一秒钟。”

“你是说，他们实在受不了了才会投降？”汤姆说。

里卡多点点头。“我一想到那五位科学家可能被敌人折磨叛变，就感觉不寒而栗。所以现在，我请求你们接受我的提议。”

斯威夫特先生考虑了一下，终于说道：“我们会尽全力协助你们，但不能保证成功。这个任务太重大了，里卡多先生！”

“也没那么重大。”南美来客热忱致谢时汤姆插话说，“而且，我们的飞行实验室用上新的盖格计数器——”

“啊，年轻的激情！”里卡多满面笑容，“太棒了！另外，我还有一个请求。后天半球协会如果能请到二位在里弗的会议上讲话，我们将倍感荣幸。不知二位是否可以赏光，来简要地讲讲最近的科技发明呢？比如，你们的新发明？我保证，所有数据都会得到最高级别保密。”

尽管父子俩通常都会拒绝演讲来避开公众，但他们却接受了这一邀请，因为他们一直很欣赏半球协会所做的工作。里卡多先生向他们表示感谢，然后说：“我走之前，想参观一下二位到访我国的坐骑‘飞行实验室’。”

汤姆觉得飞行实验室还没准备好接受参观，但是因为里卡多在科学界的地位，年轻的科学家决定让他先饱眼福。

里卡多感到很惊奇，也很有趣。他滔滔不绝地夸赞一番之后，好像突然不知如何表达了。他最终说道：“真是太棒了！我占用你们太多时间了，我该走了。”

斯威夫特父子送他往大门口走时，他说：“我建议采取一种防范措施。在我们今后的谈话中，我们用半球协会给我国起的昵称吧。如果凡拉诺叛军知道了你们的行程，我敢肯定他们会百般阻挠。我们就把我国称为帕普丘吧。”

里卡多先生与他们握了手，就离开了。

汤姆转向爸爸。“我们在这的工作肯定得加速了，特别是那个计数器。”

“对。这次南美之旅将会给它一次真正的考验。”斯威夫特先生答道，“好吧，晚饭见。”

汤姆快到地下飞机场时，看见了乔。

“跳跃的太阳小伙！”汤姆看见和善的厨师走过来时叫道，因为厨师穿着橙紫相间的格子衬衫。

“你喜欢吧，对不？”乔问道。

“够引起一次踩踏了。”

“嗯，我说不准。”乔摸着下巴回答道，同时盯着汤姆外套胸口的口袋，“你自己好像也喜欢各种颜色嘛。要不怎么会带着红的、绿的、蓝的铅笔呢？是用在你制图板的新玩意上吗？”

“不是。”汤姆说着掏出了铅笔样的东西，“这些东西我都带了一段时间了。绿色的是微型无线电，用来收发信号。”

“哦，请你骑我的老犟驴吧！”大厨赞叹地惊呼出来，把绿色“铅笔”拿在手里翻来覆去地看着，“我猜，这些是启动它的秘密按钮。”

“对。红铅笔是靠小电池工作的焊铁，用来应急修理电子物的连接点。蓝铅笔是个秘密的红外线窥视镜。”

“是在黑暗中找人的？”乔挠着头问。

“猜对了。”

“哇！”乔惊叹道，“你简直是一个人组成的专利局！”

接下来的两天里，父子俩调整工作安排——时间紧，难度高，二人全情投入。半球协会会议的那天晚上，他们开车来到里弗顿，把车停在召开科学研讨会的楼旁，乘电梯上了四楼。

“很高兴又见面了。”里卡多先生在礼堂门口向他们问好。

汤姆在结识组织内各位成员时，注意到很多他从小就听说过的名字，每一位都是某个科学领域的领军人物。

几分钟后，里卡多先生宣布会议开始。当他介绍到汤姆时，观众们流露出期待的目光。这个会议上还从没出现过这么年轻的科学家呢。

观众们认真倾听着汤姆讲述乘自家新的飞行器到南美找铀的旅行计划。当他讲到他们正在完善一项能从高空检测到铀的发明时——这也是在高山区最可行的方法——会场响起了热烈的掌声。

“有一个古老的传说。”汤姆继续讲道，“是讲安第斯部落发现了一个地方，将其命名为‘魔鬼之谷’。那里不寻常的植物物种长得特别大，却从来没出现过鸟，甚至连昆虫也没有过。”

“峡谷里有从山边洞穴流出的清澈的溪水，是像魔法一样出现的。原住民坚持说，洞穴晚上会发光。他们还说喝了那溪水就会立即变秃，染上重病。”

观众里有人说着“对、对”，表明他们也听说过这个故事。汤姆继续讲：“我自己的理论是，那溪水流经大山深处的放射性矿——可能至少有500米深。如果我们要继续寻找这处珍贵的矿床，就要用到超级盖格计数器。这也是我们正在加速完成这个新发明的的原因。”

汤姆把他的计划尽量详细地介绍了一下，演讲结尾时祝帕普丘项目取得成功。他回到座位上，观众中爆发出热烈的掌声和欢呼声。

下一位上台的是斯威夫特先生，观众报以同样热烈的掌声欢迎。他一说到有奇怪的天外来物坠毁在他家飞机场，马上吸引了观众的注意力。

“我们可以把它叫陨石，就这么叫吧。但它看起来设计精准，像台机器。我们做了一些测试钻孔，还用大型影像摄制仪进行了分析。它大部分都是用同位素合金制成的，这种同位素在地球上没有被发现过，外面有一层非金属的保护壳。到目前为止，因为那层熔化涂层，我们没法分析成分。”

在爸爸演讲的时候，汤姆突然注意到有人从礼堂后排的座位上站了起来。那个人鬼鬼祟祟地走向门口时，汤姆倒吸了一口气。那就是在零件库把他打晕的亮发男人！

汤姆悄悄离开讲台，从旁边的过道溜了下来。但一出了礼堂，他就在走廊里跑了起来，追赶他的目标。

噹！

自助电梯的金属门已关，显示逃犯已逃向一楼。汤姆一步三个台阶地冲下楼梯到了一楼，但还是比电梯开门晚了几秒。他把目标跟丢了！

汤姆的目光环视着门口这片光线很暗的地方，也注意听着动静，但一点也没发现他追的人的影踪。

他又沿着大街搜寻，同样无果而归。汤姆失望地回到会场，赶上他爸爸演讲的结尾部分。

汤姆回到讲台的位置上，心中思绪万千。那个黑发的陌生人会把偷走的资料做何用处呢?

里卡多先生宣布会议结束，斯威夫特先生来到汤姆身边。“你是出去追那个匆匆离场的人了吗？”他问道。

“是的，但是他实在跑得太快了！爸爸，就是他打了我，还偷走了一部分盖格计划。现在他又在这当间谍！”

里卡多先生听说这个人的奇怪举动时，惊讶道：“间谍？那门卫怎么会让他进来呢？”

“他可能用了伪造的会员卡。”汤姆说，“我们最好报警。”

“对，对！”里卡多先生着急地说，“这是最紧要的！”

“确实是。”斯威夫特先生赞同道，“汤姆，你给警察局打电话，我们必须马上回家。”

汤姆打了电话，说嫌疑人物迅速消失，可能就住在附近。然后，斯威夫特父子和半球协会的朋友们告别，汤姆驾驶飞机带爸爸返回了肖普顿。

“我不喜欢这样的事。”老发明家说道，“我们现在看到的凡拉诺的种种事情，肯定只是冰山一角。”

“爸爸，你是说，率领叛军的人自己有重大的阴谋，但没有把计划告诉手下人？”

“正是。他们拿到战利品，就会撤出。而这期间，凡拉诺的密谋者们会不择手段地去达成目标——要多残忍有多残忍。”

“这样我们就更要好好完成使命了。”

第二天早饭时，斯威夫特先生说他急着去办公室解决盖格计数器的问题，问汤姆是否准备好出发了。

“我答应了奈德叔叔。”汤姆答道，“今早要好好测试一下特种飞机‘鸽子’。他基本已经准备好要让这架新的通勤飞机面世，想让我试试能不能降落在私家跑道上！”

桑迪也是出色的飞行员，她问能不能和汤姆一起试飞，她希望有一天能在潜在的客户面前亲自做飞行演示。

“当然可以，来吧。”汤姆说，“你可以把‘鸽子’飞上去，再做几个特技。我负责降落。”

20分钟后，他们到了斯威夫特建筑公司的原址，这里现在是飞机制造中心。奈德·牛顿先生是斯威夫特先生多年的好友，他负责管理这个中心。机械师们把这架螺旋桨驱动的闪亮双座新机推了出来，桑迪开着飞机升空，划出了长长的优雅弧线。

“妹妹，你技术很好。”桑迪做了几个“S”形转弯，技术高超，没有打滑。“做几个简单的特技吧，但最好再升高一些。”汤姆提醒她，“飞机离地面太近的时候可不能做特技！”

桑迪马上后拉了操纵杆，小飞机便快速上升了300米。

“咱们翻个筋斗。”接着，她又模仿哥哥的声音说道，“最开始平直飞行，然后稍做俯冲加速，左舵加力。开始翻时，使用节流阀减速，完全倒置时，将节流阀复位。”

“鸽子”向上疾升，翻了一个精彩的筋斗，汤姆看着笑了起来。

“再做一个筒滚吧。”他说。

桑迪噘起嘴说：“朋友，筒滚不过是简单地转个弯，除非你把飞机转到头朝下再转回来。瞧好吧。”

“等等！”汤姆命令道，“要把操纵杆往后拉到机头超过天际线，然后再把——”

但是桑迪把操纵杆拉得太往后了，“鸽子”很快失速。她把操纵杆向右推，飞机开始颠簸，然后停转，接着就抖振打旋向地面俯冲下去。桑迪气都不敢喘了。

“我来。”汤姆镇定地说。

汤姆控制了右舵，快速将操纵杆前推，飞机不再打旋，一路急降到离地面152米的高度。然后他借着急降的惯性，基本回到了原来的高度。

桑迪长长地舒了一口气。“我可不敢再做筒滚了。”她说。

“那可不行。”汤姆说道，“现在就再来一次，要不你就再也不敢做了。就是别让机头太过前倾，不然就失速了。来吧。”

这回桑迪控制精准，完成了筒滚，她的信心又回来了。

“现在我来驾驶。”她哥哥说道，“我想知道我到底能把‘鸽子’降落在多小的地方！”

汤姆使用标准方式降落，轻松地飞到了乡村上空。飞机慢慢地机头向下，一直降到农田一侧一片小树林上空182米的高度。

突然，机身底部受到了严重的冲击。有什么东西穿透机舱底座，从二人中间飞过向上冲去，穿透了机舱舱顶。‘鸽子’重重地倾斜了一下。

“有人向我们开火！”汤姆喊道。

第六章 计数检测器

“桑迪，我们只能坠落到地面了！坐稳了！”

多亏汤姆·斯威夫特驾驶经验丰富，才避免了飞机严重坠毁。事实上，正是他及时地使飞机在跑道平降才没有坠毁。

喷气推举器受损裂开，发出刺耳的声音。但是这架命运多舛的飞机最终还是停止了滑行。汤姆和妹妹一起呆坐了几秒钟，然后问道：

“桑迪，你还好吗？”

“我觉得还好。至少应该没有骨折。你呢？”

“我没事。”

桑迪手指颤抖着解开了安全带，离开了座位，汤姆扶着她下了飞机，他们一起检查了一下飞机的受损情况。

“这算不错的了。”汤姆感到很庆幸，“要是我没猜错的话，是有人故意要杀死我们！”

“为什么呢？”桑迪声音发颤，又说了句，“会是那个把你打晕的人吗？”

汤姆耸了耸肩：“至少是个不想让我去南美洲的人。”

一辆空难救助车从跑道上疾驰而来，车上有三名救助人员，还有巴德·巴克利，他们过来把汤姆带到企业集团工厂去。

“你们俩还好吗？”巴德大声问道。

汤姆点点头，讲了下事情的经过，说他相信是有防空火箭炮发射火箭，穿透了飞机。

“什么！”巴德尖叫道。他仔细看了机舱底板上的裂口，还有驾驶舱的舱盖，“天啊，要是飞机爆炸了的话——”

“发射火箭的人一定在树林里。”汤姆断言，“我要过去调查一下。有人想一起来吗？”

巴德和整个救助队都加入了。桑迪吓得不轻，她同意汤姆的提议，先开车回去了。

汤姆想找到凶手的希望很快破灭了。树林里没有人，他们连草丛里都仔细搜了一遍。

“嘿，等一下！”在他们要离开时，巴德喊了一句，“这儿可能是找到火箭炮射手的线索！”

他捡起了一张飞行计划表。

“是从南美来的！”汤姆喊道，“如果是那个人掉在这儿的，我敢说他就是叛军的人。”

巴德愤怒地哼了一声：“我算算，叛军已经袭击你两次了。两次也太多了吧！”

“对付我也是意料之中。”汤姆握紧了拳头。“但他竟然向桑迪开火。”

“不管你想怎么收拾他，都算我一个。”巴德怒吼道，“还有，你觉得他们是怎么知道你今早要试飞‘鸽子’的？”

“我要是知道就好了。”汤姆语气低沉，“这附近肯定有间谍。”

“行了，我的天啊，你看着点路！”巴德提醒道。

在去企业集团工厂的路上，小伙子们谈的话题全是关于这次袭击的。汤姆把事情告诉了爸爸，爸爸表情很凝重。

“这真是个警报。”他说，“在我们弄清楚底细之前，你要加倍小心，汤姆。最好马上把这事报告给警察局。”

“好的，建议他们检查飞往南美的飞机，公家的、私人的都要查。”

汤姆离开家期间，斯威夫特先生一直在改进超级盖格计数器。他满意地宣布自己研制出了一种新的混合气体。

“明天我们要在飞机上试用一下，探测一下埋在地下的铀。”他说。

第二天早上，汤姆检查完飞行实验室的测高仪，把飞机开到了一个离斯威夫特企业集团很远的地方，他爸爸正在那指挥人挖掘。有两个工人在用电钻挖很深的洞。

“我们要开始埋铀了。”斯威夫特先生说，“我觉得洞已经够深了，差不多达到地下6米了。”

他走了过去，车里有很重的铅汽缸，汽缸装着两居里的天然放射性铀同位素。

“好了，伙计们。”他说，“把盖子打开，用吊车把这个放进洞里去。在用土埋好之前，我希望谁也不要进入这个‘热’铀源方圆15米之内。”都弄好了以后，他转向汤姆说：“我们准备好了”。

“我去准备客机。”他的儿子说道，然后开车回了飞机场。计数器已经吊起并且固定好了。

“准备就绪。”当班机械师告诉他，“刚调好，引擎声音听着不错。”

“收到。”

汤姆沿临时跑道滑行出去，到爸爸等他的地方。斯威夫特先生进入副驾驶位置，飞机沿着跑道开了出去。他们只用了几秒钟就升空了。汤姆驾机急速上升，升到609米高时开始水平飞行。

“咱们先在比较低的地方试试计数器吧。”汤姆提议说。

斯威夫特先生表示同意，向机尾走去。

“这里好了。”他喊道，“试一下吧。”

飞过斯威夫特企业集团机场上空时，汤姆放开了节流阀。目前，计数器的自动指示器发出嗒嗒声，最初声音微弱，过一会就稳定了。

“嗯，好用！”斯威夫特先生笑道。

“到1524米试一下吧。”汤姆驾机再次急速上升时建议道。

到了1524米，他开始水平飞行，再次经过埋铀区域的上空。这次，嗒嗒声很弱，节奏也不稳定。

“但是还能测到！”斯威夫特先生说着去调节计数器，好让它的声音更稳定些。

“是能测到，没错。”汤姆说，“但到比如说，3千米会怎么样呢？我们通常都会飞那么高。不如我们现在就试试。”

他再次驾机急升，当测高仪显示3千米时，汤姆开始水平飞行，但计数器除了通常的背景音之外不再有其他的声音了。斯威夫特先生满脸失望。

“我们的发明可能检测不到深埋在地下的放射性分子。”他说，“但肯定有办法改进，可能要用全新的方法来解决问题。”

汤姆把这驾大飞机轻轻地降落好时，高喊道：“爸爸，说得太对了！用新方法，我们必须把目前的方法都抛开。”

过了一会儿，他喊道：“我有主意了！一个全新的计划！”

第七章 空中比拼

汤姆和爸爸到了主办公室，发现有一封电报。电报上说，瑞普考德快要到了，来参加“蓝天女王”的首飞。他将在第二天下午两点半降落在斯威夫特家原来的飞机场。

“哇！”汤姆喊出了声，“那我们准备飞行实验室试飞的时间可就不多了。”

斯威夫特先生笑了。“如果大家都动起来，几个小时就能做很多事情。”他说，“瑞普考德对实验室器材不感兴趣，那部分可以试飞完再做。”

汤姆很快赶到了地下飞机场，检查在试飞前还有什么工作要完成。一切都已准备就绪，只是有一个问题——汤姆发现负责电子指南针的工程师不知怎样校准，汤姆和他忙了一个小时终于弄好了。

汤姆说：“现在应该不会再有问题了。”他起身去找巴德，在工厂的饭店里找到了他，对他说：

“瑞普考德开飞机明天到。我想好好测试一下袋鼠袋和滑行船，再把它们装进飞行实验室。来个比赛怎么样？你开直升机，我开飞机。我让你先飞十分钟。”

“放马过来吧，驾驶员！”巴德吞下了最后一口冰激凌汽水，赞同道。

两个小伙子各自给两架飞行“宝贝”热身。然后汤姆喊道：“咱们滑行16千米到潜艇帆杆那儿，然后升空，从建筑公司场地上空往回飞，再在那所高中上空飞一圈。”

“最后在树林边上的两棵大杨树中间来个精准降落。”巴德回喊道，“看咱们谁离这条线更近。”他指着跑道旁边的一条沥青线说：“输了我就不叫巴德·巴克利。”

“这么说你觉得你用那辆风车就能赢过我？”汤姆语带嘲讽。

“风车！”巴德按捺不住了，“那你觉得你那是什么，是划桨的船吗？”

“不是，是斯威夫特家的打蛋器。”汤姆喊道。巴德嘟哝了些什么，汤姆没听清。巴德在给直升机升降舵和发动机加速。不一会儿，他便以惊人的速度离开了地面。

十分钟后，汤姆的飞机嗖一声升空了。尽管巴德路线和时间都把握得很好，汤姆还是只用几分钟就超过了他。他拿起麦克风，切换到了私人波长。

“嘿，巴德。我打赌你还没飞到一半，我就飞回机场继续攻克那些神秘符号了。”他告诉巴德，“是否收到，完毕。”

汤姆到了潜艇帆杆，在那转了第一个弯，他给副翼和方向舵减速。突然，他感觉到有什么不对，方向舵卡住了——卡得很严重，他只能转很小的弯。

“我能安全回去都算走运了！”他十分担心地自言自语道。

汤姆小心地尽量快速倾斜着小飞机飞行，飞机反应很不灵敏。他为了完成转弯，只能在那段赛程中多飞出几千米。

他在赛道的其他几个临时的指定转弯处也遇到了同样的问题。等他终于到了斯威夫特企业集团的机场，看见滑行船已经停在那了。巴德向袋鼠袋走来，抬抬眉毛，看了他的朋友一眼。

“呦，小飞行员，想把你的蒸汽机便宜卖掉，买个风车吗？”他问道。

汤姆懊恼地大笑着，讲了一遍方向舵卡住的尴尬经历。巴德很担心，帮他检查了一遍飞机。他们很快发现有一段松掉的线和方向舵其他的控制线搅在了一起，导致卡住。他们没用多长时间就把飞机修好了。

“现在，我再给你一次机会。”巴德提议道，“不然刚才也算不上是场速度比拼。”

两架飞机再次从跑道上起飞。这回汤姆驾驶袋鼠袋转弯非常流畅，他在第一段赛程中遥遥领先，到了第二段已经看不见巴德了，接着快速进入第三段和最后一段赛程。

当巴德终于把滑行船开回来降落以后，汤姆脸上带着夸张的凯旋表情等着他。

“出远门了吗？”他边问边让巴德看他正在练习本上演算的等式和公式，“我已经用了大把的时间来破解这些空间符号了。”

巴德推了他一把：“听着，我承认只比速度我比不过你的飞机，但什么时候让我开这架宝贝，我都愿意。”他拍了拍直升机的机身。

汤姆知道了这两架飞机的速度，对它们的性能非常满意。“我想，我们最后的工作。”他说，“就是把这两架飞机安装到飞行实验室里面了。”

汤姆和巴德立刻去检查了飞行实验室中的连接线路和保证飞机快速飞行的滑轮组。检查结束，巴德伸了个懒腰。

“我说，汤姆，你要怎样破解那些符号呢？”

“我还没有新进展，爸爸也没有解开这个谜。”

两个小伙子来到外面，巴德抬头看了看天空。“火星不是在那个方向吗？”他指着问道，“我敢打赌，有一堆科学小精灵坐在那个星球上看着我们，大牙都要笑掉了。”

“你说的可能是对的。”汤姆同意，“但有些教授认为火星人是巨人。”

第二天早上，为飞行实验室成功试飞做的最后保障工作已经完成。汤姆和爸爸检查完结果，两位发明家笑了。接着汤姆又冷静下来。

“把‘蓝天女王’飞到平流层或电离层之前，我们还要做件事。”他说，“我们不能被宇宙射线照射到，那太冒险了。”

“说得对，儿子。那边的大片蓝色带来的惊喜肯定会不少，目前飞行实验室准备得可能还不充分。”

“把整个外壳和舱内都用托马塞特包裹起来怎样？”汤姆问。

“太好了。”斯威夫特先生完全赞成，“多出来的重量基本可以忽略”。

“我现在就去做。”汤姆说着，就吩咐人去做了。

午饭后，斯威夫特父子和巴德一起开车去建筑公司原址的机场去见瑞普考德·赫尔斯。瑞普考德现在在部队情报处工作。几人听到头顶传来熟悉的高频引擎声。

“瑞普考德来了！”飞机从机场上空飞过，又轻松地沿着长弧线飞回来时，汤姆叫道。

“再过几分钟他就降落了。”巴德迫不及待地说。

突然汤姆抓住了朋友的胳膊。“看啊！出事了！”他喊了出来。

他们刚才看见大型飞机的地方，现在只能看见刺眼的光亮。几秒钟后传来了震耳的轰隆声。

飞机爆炸了！

第八章 午夜天才

汤姆、爸爸和巴德目瞪口呆地盯着天上。

"有降落伞！刚打开了！"汤姆喊道，"他要降落在树林里了！"

三人匆忙进了汽车，疾驰着出了门口，警卫都吓呆了。

"他肯定在800米之内。"他们走过崎岖的乡村路时，巴德确定地说道。

"恐怕瑞普考德状况不太好。"汤姆很担心，"不知道他的飞机上是不是安了那种能自动发射子弹的发射式座椅。"

"只希望他没赶上最猛烈的那拨。"斯威夫特先生说道。

汤姆焦急地往前凝视着，娴熟地驾车转来转去，向降落伞降落的地点开过去。

"瑞普考德肯定落在这附近了。"他说着从大路上转进了一条凹凸不平的小道。

他们几人沿着一块草坪的边上，向路两旁的树丛里仔细地找着。

"在那！"巴德指着田地对面喊道，"挂在那棵树上了！"

三人在他们所在的地方能看见在这片空地远处的边上，有人挂在一棵树上摇摆着，离地大约4.5米。斯威夫特先生从仪表盘后面的小柜里快速掏出急救箱，两个孩子跳下车，跑去帮助飞行员了。

“是瑞普考德没错！”汤姆叫道。

飞行员被降落伞的吊伞索挂住了，罩篷被上面的树枝挂紧了。几个人向上看，只能看到飞行员脸上有血，右臂已经变形。瑞普考德意识还清醒，但看起来很茫然，他盯着他们的眼神仿佛是没有意识到有人来救援了。

汤姆抬头对他喊道：“我们救你下来。”

他和巴德迅速爬上了树，到了瑞普考德头上的位置。两人抓紧瑞普考德，割断了降落伞主体部分的绳子，小心地把他放了下来。斯威夫特先生将这位飞行员慢慢地平躺到地上。

这时，瑞普考德已经恢复了知觉。他脸上汗如雨注，疼痛难当。

“我的肩膀……”他断断续续地说，“脱臼了……经常这样……像膝关节交锁。帮我把胳膊正过来……”

汤姆跳上前去帮忙。他在飞行员受伤的手臂上轻轻加力，突然手臂不再僵硬，“啪”的一声复位进肩窝。瑞普考德瞬间屏息，然后充满感激地笑了。

“我到访的方式还真是不错。”他坐起来时说。

“别想这事了，你安全我很高兴。”汤姆答道。

斯威夫特先生介绍了巴德，又查看了瑞普考德颧骨上的伤口。好在伤得不重，就给他上了些消毒药，然后垫了块纱布。

瑞普考德想站起来，但有一条腿用不上力。汤姆和巴德扶住了他。

“我们马上带你去医院。”斯威夫特先生说。

“可能我都撑不到医院。”瑞普考德说，“但我们走之前，去看看飞机残骸有没有遭破坏的证据吧。”

“破坏？”汤姆重复道，“你觉得是破坏引起的爆炸吗？”

瑞普考德的脸沉了下来，他宽厚的嘴唇也咬成了一条细缝。

“恐怕是。自从我受命追踪一名可疑的擅离职守的空军部队飞行员后，就麻烦不断。我想是有人在飞机上安装了炸弹。”

两个孩子捡起瘪了的降落伞，开始寻找飞机残骸。他们在大约800米以外的位置找到了残骸，散落得遍地都是。

“联邦调查局要找到破坏证据都困难。”汤姆说道。

巴德踢着蒸汽机的几块小残骸，讽刺地说道：“再聪明的家伙要解开这个谜题也没那么容易！”

斯威夫特先生在去医院的路上，给联邦调查局打电话报告了这一灾难。他还让当地警方派人来看好这些残骸。

同时，汤姆在给瑞普考德讲有关“蓝天女王”的情况。这位高手期待着首飞，眼睛开始放光，然后他突然想起来自己受伤了。

“我不能耽误你们进度。”他说，“不知道因为这条腿得住院多久。希望没骨折。”

汤姆告诉他，他们愿意等几天再试飞。“告诉我们大夫怎么说。”

过了几个小时，瑞普考德打来电话，腿伤没有他想得严重，三天后就能参加试飞。

“太好了。”汤姆说，“我们等你。”

然后，汤姆又一次检查了巨型推举器，推举器是用来把“蓝天女王”升到地面上的。他觉得有一个压缩式发动机应该改进一下。汤姆把这件事吩咐了下去，然后如释重负地松了一口气。现在，他可以重点研究铀探测器了。

几分钟后，巴德在地下飞机库的办公室找到了他，看见他正在一个信封的背面画草图。

“画的是什么？”他问。

“我最新的头脑风暴。”汤姆答道。

“关于……”

“一个长期辐射探测器的新想法。”

“怎么个新法？”巴德问。

汤姆挠着头，使本来就乱糟糟的头发更加蓬乱：“这和盖格计数器完全无关。我想去光学实验室测试一下，你想来吗？”

“你带路吧，天才。”巴德答道，“要是这孕育着个大计划，我希望有我的份。”

“那你最好做好多花点时间的准备。”汤姆对他说。

“我一定尽力帮忙。”巴德诚恳地表态。

两个小伙子向飞行实验室的一个小隔间走去，这是最近才安装好的一个隔间。隔间里有长板凳、双脚规、砂轮和研磨工具，还有各种规格的透镜和棱镜。

汤姆打开了灯，很亮，又打开了一个墙壁柜，里面有巴德没看见过的新仪器。他惊讶地吹了个口哨。

“天啊！这些摄影仪器真是绝了！你是要拍照吗？我以为你是来研制探测器呢。”

“是研制探测器。”汤姆笑着说，“摄影也是发明的一部分。”

“喂，汤姆。”巴德怀疑地说，“可别告诉我你是要给放射波拍照！”

汤姆正忙着调试一个大型棱镜，没听见巴德的话。巴德跟着他到了工作台，又重说了一遍。

“你说得很对。”汤姆答道。

汤姆双手灵巧地忙活着，还陶醉地轻轻吹着口哨。巴德看得出来，这位发明家对进程很满意。

一个小时快过去了，巴德看着汤姆有条不紊地制造出来一台大型的老式方镜箱照相机，越来越惊讶。这台照相机0.3米，见方，用重金属制成。

“汤姆，看在咱们这么热爱空气动力学的份上。”巴德终于忍不住好奇心了，“能告诉我你到底在干什么吗？”

汤姆手头继续忙着，头也不抬地答道：“知道核分解时会发生什么吗？”

“知道。有辐射。”

“对，然后呢？”

巴德挠了挠头：“我投降了。然后怎样？”

“它会在临近的分子里产生荧光，就像在暗中能看到手表的荧光指针一样。”

“现在我是彻底不明白怎么回事了。”巴德承认。

汤姆的双手停了下来，双眼盯着前方，仿佛目光穿透了空间。

“这么说吧，铀矿床在暗中是不会发光的。”汤姆好像看到了完整的发明似的，继续说道，“但是我要制造带不吸光棱镜的光度仪，有了它，也许我们就能检测到从很远的地方发出的荧光，再用光学胶卷记录密度。你可以从C号柜给我拿一卷电影胶片过来吗？”

巴德讶异于朋友飞速的思维。他拿了胶卷送到工作台，汤姆把胶卷安进了那个奇妙的装置里。

“我说，伙计，现在早过了晚饭时间了。”巴德提醒他道。

“嗯，我们来点牛奶、三明治怎么样？你再给我妈妈打个电话，告诉她我今晚不回去了，好吗？”

“嘿，汤姆，发发慈悲吧。你是想让我饿死吗？”

“你随便吧，但给我拿点吃的来。”汤姆说着，拍了拍他朋友的肩膀。

巴德出去了，回来时给两个人都带了双份食物。到了第二天早晨三点，光学实验室的灯仍然亮着。汤姆·斯威夫特衣领敞着，领带松了，他正在给一个黑匣子上打螺丝孔。

“马上就完工了，巴德。”他激动地说道，“嘿，巴德！醒醒！你是个很好的助手！”

巴德坐在汤姆身边的凳子上，头枕着手臂，轻轻地打着鼾。

“啊？什么？汤姆，你刚才说什么？”

“我说醒醒。这个放射探测仪快做完了。抓一把5厘米的金属螺丝来，拧在我刚才钻孔的那些地方。”

半个小时后，汤姆站得离黑匣子远了些。

“巴德，大功告成。”他说，“如果我的发明有用的话，不管南美洲那些山里的铀埋得多深，都能探测到！”

第九章 幽灵照片

“汤姆，听起来太棒了！”巴德说，“咱们什么时候去测试你这个半夜头脑风暴的成果呢？”

“我们先打个盹吧。”

“太好了！”巴德伸了个懒腰。汤姆笑了，因为自从11点之后，他的朋友每个小时都在打盹。

“我想明天上午十点去测试探测仪——我都说胡话了——我是说，今天上午十点。”

“是今天，好的！”巴德从凳子上慢慢地起来了，“伙计，我和你一起搞发明的时候，总是分不清是今天、明天，还是昨天！”

汤姆哈哈大笑：“趁咱们还没梦游回家，还是抓紧歇一会儿吧！”

两人向门口走去，汤姆突然站住，抓住了巴德的胳膊。

“嘿！”他几乎是喊了出来，“有件事差点忘了——”

巴德哎哟了一声，觉得他的朋友肯定是又想到什么办法改进发明，要待在这弄完了。

“别担心。”汤姆说，“我就是想让罗伯茨过来看好这台探测仪。你先去车里等我，我马上过来。”

汤姆打开了对讲机。

“呼叫罗伯茨先生。请马上到光学实验室。我是汤姆。”

两分钟后，警卫气喘吁吁地进来了。

“这有一台很贵重的仪器。”汤姆告诉他，“要人严加看守。”

“又有新发明了，汤姆？”罗伯茨瞟着黑匣子问道，“不用担心，我在屋里、楼外各安排一个人。”

汤姆抓起了衣服，快速地出去找巴德了。几分钟后他们到斯威夫特家时，汤姆跳下了车。

“十点见。”他喊道。

“一言为定！回见。”

汤姆睡得很沉，醒来时不早了，赶忙吃了口早饭。他匆忙赶到企业集团工厂，直接去了地下办公室，希望能见到爸爸。斯威夫特先生正在研究南美地图，这会儿抬起头来。

“儿子，以为你得今天下午才能睡醒呢！你是昨晚着手实施最新的灵感，整夜没睡吗？”

“嗯，差不多吧。但是巴德和我每一分钟都花得很值得，爸爸！”汤姆把他起草的计划递给了爸爸，“发明已经做完了——今天就可以进行首次测试。”

“太棒了！”斯威夫特先生笑着说，“现在要跟上你的步伐可真是个挑战了，汤姆。”

“您愿意过来看看我的仪器吗？”

斯威夫特先生已经从椅子上起身，迫不及待地大步走向门口：“走吧。路上你可以给我说说细节。”

到了光学实验室之后，汤姆给爸爸详细地讲了一下铀探测器的情况。

“理论上来讲没有问题。”用电子钥匙把门打开时，斯威夫特先生说，“但很难相信你的探测仪能赶得上盖格计数器，更别说超过它了。那可是最顶尖的发明家们花了多年研制出来的。”

“爸爸，您觉得有点难以置信我能理解，毕竟我只用了12个小时多一点就做完了。但之前我已经思考了很多天了。”

罗伯茨向他们问好，说自从小伙子们离开实验室，他就一直在守着这个发明。

“太感谢了。”汤姆满怀感激地微笑着。

罗伯茨离开了。汤姆看爸爸仔细地看了黑匣子，问他觉得怎么样。

“汤姆，我现在尽量在控制自己激动的情绪。”斯威夫特先生说，“但是从最初印象来看，我敢说这很可能是探测铀的革命性仪器。”

“听您这么说，我太高兴了。”汤姆很高兴看到爸爸这样的反应，“但我们一会就知道功能到底怎么样了。巴德和我要在客机里测试一下探测仪。您和我们一起来吧？”

“不可错过啊！”

“好，那我叫室外飞机库的人去给发动机预热。快十点了，巴德就该到了。”

汤姆给机械师打完电话以后，他爸爸问道：“你给探测仪起名字了吗？”

“起了，爸爸。您可能觉得太煽情了，但是我想纪念一下我们的老朋友达蒙先生。我永远忘不了他，还有他美妙的哲学。他生前教会了我很多有趣的东西，我想把这个仪器作为对他的纪念。”

“这个想法很可贵，汤姆。”斯威夫特先生说着回想起了这位在他年轻时鼓励过他，又和他一起经历过多次冒险的可爱的老绅士，往事历历在目。

“您觉得叫‘达蒙镜’怎么样？”汤姆问道。

“再合适不过了，儿子。”

“我只希望在空中寻找埋藏的铀时，这仪器能配得上这个名字。”

这时，巴德到了，他踏实地睡了几个小时，眼神明亮。“我等不及要带黑匣子上天了，机长。”他兴奋地对汤姆宣布道，然后又说，“您好，斯威夫特先生。”

“你熬了一夜，很高兴看你现在又精神起来了。”斯威夫特先生微笑着说。

“一切就绪。”汤姆说，“爸爸也一起来。还有，我们的发明已命名为‘达蒙镜’。”

“啊，好名字。就是以你经常提起的那个达蒙先生命名的吧！”

“正是，巴德。咱们把‘达蒙镜’搬到临时跑道上去吧。”

两个小伙子小心地抬着探测仪，斯威夫特先生跟着他们，沿着跑道走去。客机已经推了出来，发动机在嗡嗡预热。汤姆和巴德把‘达蒙镜’装上了飞机，使它从机舱底部的一个开口处伸出去。

巴德快速走上前，到控制台坐好。“准备好了？”他向后喊话道。

“好了！出发！”汤姆答道。

飞机向上空飞去，汤姆对爸爸说：“我想让您给‘达蒙镜’

做第一次测试。”

“我非常愿意。”斯威夫特先生说。

汤姆提高了声音：“巴德，你现在可以飞到埋铀处的上空了。”

“收到，机长。前进！”巴德开到了3千米的高度，开始水平飞行，他用对讲机喊道，“准备好了吗？我要在这上空飞一圈。”

斯威夫特先生按下了“达蒙镜”一侧的按钮，照相机安静地运转起来。巴德在埋铀区域上空飞了几个来回。

“可以了。”汤姆说，“我用‘达蒙镜’就可以把胶卷冲出来。”

斯威夫特先生和他儿子一样激动地期待着胶卷冲洗出来，汤姆把相片对着光看。胶卷还没干透，但能看到紫外线荧光的痕迹。在胶卷正中最清楚，说明那一刻相机从埋铀处正上方经过。

“成功了！”汤姆喊出声来。

斯威夫特先生非常赞许地看着儿子。“祝贺你，汤姆！”他高声说，然后又笑道，“说实话，我都没想到能成功——我想至少也得做几次大的改进才行。”

巴德听到这个消息，尖叫了一声，然后又假装敬了个礼。“向年轻的天才脱帽致敬。”他说，“那么，现在我们去南美找铀，要击败叛军就所向披靡了。什么时候出发？”

“尽快。”斯威夫特先生答道，“一旦瑞普考德能参加试飞了，飞行实验室就全副武装起来。”

“如果试飞一切顺利。”汤姆补充说，“很快就可以去凡拉诺了，巴德。等着看‘蓝天女王’怎样一飞千里吧。”

巴德驾机着陆，“达蒙镜”被放在了一个保管室里，等用的时候再安装到大飞船上去。汤姆、爸爸和巴德分头行动，各有分工。一小时后，汤姆到主楼的办公室给瑞普考德打电话时，他爸爸也在办公室。

“儿子，我有新闻要告诉你。”他说，“第一，里弗警方打来电话，说他们发现了有关袭击你，也就是偷滑行船那个人的重要线索。”

“这确实是新闻。”汤姆回答说，“他在哪呢？”

“他们还不知道，但他们说我们去开会时，他住在礼堂附近的一个房间里，很快就搬走了。

“另一条新闻是里卡多先生发来了电报。他派一个叫乔斯·博格的人来和我们一起工作。”

“一起工作？”汤姆重复说，“为什么？”

“来向我们介绍南美洲的这个艰巨任务。”斯威夫特先生解释说，“还有，里卡多觉得我们应该熟悉一下凡拉诺的地形、习俗和生活条件。”

汤姆笑了。“是给我们上帕普丘历史的速成课，哈？”

他爸爸说来客应该今天到。

“汤姆，给你妈妈打电话，告诉她我们可能带博格先生回家吃午饭。”他吩咐汤姆。

汤姆打通了电话，不过在说正事之前，他说：“妈妈，新发明成功了！我已给它起名叫‘达蒙镜’。”

“太好了，亲爱的儿子！我真为你高兴！”

“桑迪在家吗？”汤姆问道。他希望是自己第一个告诉妹妹这个消息。

“不在。她和菲利斯骑马去了，中午能回来。”

奈德·牛顿的女儿，菲利斯·牛顿，是桑迪最好的朋友。她和桑迪一样，痴迷于骑马。

“您提醒桑迪不要再骑到偏僻小路上去了吗？”汤姆问。

“说了，她答应只在常有人骑马的小路上骑。”

汤姆说了午饭的事，然后挂了电话。他刚放下电话，特伦特小姐就报告说博格先生来见斯威夫特父子俩了。

“他真是争分夺秒。”汤姆点评道。

父子俩站了起来，迎接这位客人，他戴着很重的龟壳框眼镜。

“很高兴见到您。”这位年轻人说，他张大嘴笑着，露出闪亮的牙齿，“我是半球协会的乔斯·博格，我带来了协会主席里卡多先生的一封介绍信。”

斯威夫特先生和汤姆先后与他握了手。斯威夫特先生接过介绍信读着，汤姆仔细观察着这位客人，他记得在半球协会会议上没见过他。

“你没参加那次会议？”他继续看着，给客人搬了把椅子。

“会议？什么会议？”博格先生问道。

“我爸爸和我发言的那次半球协会会议。”

“哦，那次啊！嗯，没有。其实，我那时还没到贵国呢。”

斯威夫特先生读完介绍信，说道：“里卡多先生建议我们多了解彼此，博格先生。他说你对我们准备眼下的任务会有很大帮助。”

“那你们，同样”——客人的嘴咧得更夸张了——“有很多我想要了解的科学数据。我也很期待看到飞行实验室，还有半球协会成员们非常熟悉的其他各种发明。”

汤姆听着这位客人的话，越来越觉得不安。年轻的发明家说不清为什么，但他很确定一点——他必须要好好了解这位博格先生，再给他看斯威夫特家任何价值重大的研究。

汤姆在聊天的间隙中说：“给你们国家起个昵称真是太聪明了。”

“昵称？”博格先生皱起了眉。

“汤姆说的是用一个词来代替国家的真名。”斯威夫特先生解释道。

“哦，是，是，你是说——帕普丘！”

汤姆放心了，显然他对客人的疑心并不是无凭无据的。爸爸看着他心照不宣地笑了下，这时，汤姆桌上的私人电话响了。

“汤姆！谢天谢地，找到你了！”他妈妈的声音从电话那头传来，如释重负。

“怎么了？出事了吗？”汤姆低声问道。

“是桑迪——马自己回来了，她没回来！”斯威夫特夫人很是担心，声音发抖，“汤姆，先别告诉你爸爸，但是我特别担心，因为我们——我们被恐吓了！”

第十章 恐吓成真

“我马上就来！”汤姆让妈妈放心。

他匆匆说了下有急事，就赶快从办公室离开了。在走向隐蔽入口时，他看见巴德·巴克利从一个飞机库里面出来了。

他向巴德喊了一声，巴德跑了过来，他把妈妈说的事告诉了巴德。

“可能得需要你帮助，一起来吧。”他说。

他们一起快速跑向巴德停车的地方，大声喊着让门卫开门。

“要是桑迪受伤了——”汤姆想着各种可能性，面色凝重。

巴德攥紧了拳头：“我绝不手下留情，不管是谁——”

他开足了马力，敞篷汽车一路狂飙。斯威夫特夫人在家门口等着他们，汽车发出尖锐的响声，戛然而止。斯威夫特夫人一向很镇定，有气质，此刻却满面愁容，汤姆知道妈妈在尽量忍着不哭出来。

“妈妈，别担心。我们会找到桑迪的。”他说，“是谁恐吓咱们？”

“不知道是什么人。桑迪刚去骑马，他就打来电话。他不肯说名字，但他声音很哑。他说——我们警告过你们不要追踪我们的人，马上给警察局打电话取消立案！”

“天啊！”巴德惊叫道。

“他说的就这些？”汤姆问。

“还有。”他妈妈继续说，“他说如果警察继续追踪不肯放手的话，斯威夫特家所有人都要遭殃！”

汤姆意识到当时警察肯定是在穷追不舍！敌人们是打算绑架了桑迪来报复吗？她现在会不会已经被囚禁了呢？

“妈妈，你说菲利斯和她在一起，菲利斯也失踪了吗？”

“没有，菲利斯回家了。我给她打了电话。她一个多小时以前就在飞机场那和桑迪分开了。我去看过，但桑迪不在那了。我们该怎么办？”

汤姆还没说话，就看见菲利斯·牛顿急匆匆地走了过来。她本来很漂亮，但这会儿脸通红，深色头发也被风吹得一团乱。

“桑迪怎么了？”她哭着说。

“还不知道。”斯威夫特夫人答道，“你在飞机场和她分开时，她说没说要干什么去？”

“没有，但我肯定她没打算开飞机。”菲利斯答道，“可能——”

“什么？”汤姆问。

“我刚想起来桑迪说，她可能抽空会去我们以前的马主人家看看，在帕克大街上。她可能是去那了。”

于是，他们打电话去问，桑迪确实去过，但半个小时前走了。他说她是从石溪骑马小道上回家的。

“哦。”斯威夫特夫人说，“桑迪可能受伤躺在小道上呢！”

“我们马上去看个明白！”汤姆喊了一句，巴德就紧跟在他后面跑出了家门。

菲利斯坚持要去，也跟在他们后面拼命跑着。她跳进了车里，几分钟后，他们就到了马主人家附近。

狭长的石溪骑马小道从树林中穿过，他们在快到小道时，注意到有车开进来的印迹，但又从很窄的入口处被迫倒了出去。汤姆停了车，几人都开始沿着小路寻找。有几百个马蹄印，没法看出来哪个是桑迪的马踩的。

“桑迪！桑迪！”汤姆喊着。

没有回应，几个人便沿着小路跑了过去。15分钟后，到了小路尽头，没有桑迪的任何踪迹。

“受阻！”巴德嘟哝道，“接下来怎么办？”

简短商议之后，他们决定让菲利斯从空地上走，在去往斯威夫特家的小路上沿路检查，如果有桑迪的踪迹就告诉他们。同时，两个小伙子在树林里展开地毯式搜索，两人沿小路两边查看，每十分钟碰头说一下进展。

“听到那种恐吓。”巴德边开始找边说道，“你其实觉得桑迪不会在这附近，是不是？”

汤姆耸了耸肩：“一切都有可能。我只希望她不是遭绑架了。”

这个可能性让巴德表情一变。汤姆在矮树丛里搜寻时，让自己尽量忘记那个念头。两个小伙子在小路上碰了两次头，但没发现任何有关失踪的迹象。

“就剩一块地方没搜了。”巴德说，声音中有掩饰不住的绝望。

“那也要去搜。”汤姆很坚决，“如果有必要的话，我会把全国每一个角落都搜遍。”

“菲利斯还没回来，也就是说她也没找到桑迪。”巴德说着，难掩脸上的焦虑不安。

过了几分钟，汤姆快到之前停车的地方时，突然停下了脚步。

“那有灌木折断了！”他喊道，“还有马蹄印——肯定有马在这发狂了！”

他双手做杯状放在嘴边，大声喊着巴德，巴德一路狂奔过来。

从骑马小路进去的一段距离内，低矮的灌木折断了，土扬得到处都是。有很深的男性脚印，和马蹄印混杂在一起。

“那边还有被踩踏过的灌木。”汤姆推着一片密丛的树枝前行时指过去，“巴德！快看！是桑迪！”

女孩被绑在一棵小树的树干上，嘴里还塞着东西。汤姆迅速取下了那个又厚又脏的手帕，巴德解开了绳子。

“天啊，汤姆！”她哭着抱紧了汤姆，“太谢谢你了，巴德。”

“妹妹，你还好吗？”汤姆感到妹妹全身发软，担心地问道。

桑迪虚弱得几乎没法讲话，但她点了点头。两个男孩子看得出来，她伤得不重，但吓得不轻。

他们帮她在小路边一块平整的石头上坐了下来。巴德用很大的树叶做成杯子，给她打了些泉水。

“妹妹，你要是感觉能说话了。”汤姆看她喝了几口水，

“就给我们讲讲到底发生了什么事。”

“我没事。”桑迪说道，她的呼吸顺畅多了，“但那对可怕的男女——”

“从头讲。”汤姆提醒道。

“好，我骑马刚进树林，就看到身后有车。车朝着小路开过来，差点撞到我的马！那人简直是疯了，开车在树林中狂奔。”

桑迪停了一下，汤姆接话道：“然后呢？”

“然后车上下来一男一女，在后面追我。我想让马加速，甩开他们，但它受了惊，直向后退，然后开始原地打转。”

汤姆又接话道：“这时，那个男的就把你拉下马了。”

“对，马就跑开了。”

“它到家了。”汤姆告诉她，“然后发生了什么？”

“他们捆住我的手，把我绑到树上。我想喊救命，他们就给我嘴里塞了东西。我都喘不上气来了。”

“他们会付出代价的！”汤姆低声说道，“他们有没有说为什么要把你绑起来？”

“哦，说了，那个男的说，他们已经警告过斯威夫特家不要多管闲事，但你们没理警告，现在警方正在追捕他的一个朋友。他说希望这件事能给斯威夫特家一个教训。”

“卑鄙小人！”巴德愤愤地说，“我要把他打成肉酱！”

“那个可怕的女人也好不到哪去。”桑迪继续说道，“她说没人能找到我，让我就在这饿死吧！”

“他们长什么样？”汤姆问。

“那个男人很壮，大脸盘。他长得很丑，眼睛像猪，看不出来是哪国人。”

“女的呢？”

桑迪坐起了身。“很高，红头发，看着没什么精神。汤姆，我累得不行了，咱们回家吧。”

“这就走。”

他们到了家，斯威夫特夫人和菲利斯跑了过来。她们拥抱了桑迪，询问发生了什么事。斯威夫特夫人听完经过，叫道：“必须马上报警！汤姆，给总部打电话。”

警察机长高度重视斯威夫特家疑案的最新进展，说他会亲自来到家里向桑迪询问一些细节。桑迪在等他时，突然笑了起来：“妈妈，说了您可能不信，我好饿呀。”

汤姆看了一眼时钟，意识到早过了爸爸和博格先生约定的午饭时间了。斯威夫特夫人明白他的心思，让他给爸爸打个电话。那位老发明家和他儿子一样，有时工作太投入，就忘了吃饭。

“特伦特小姐，你好。”汤姆说道，“爸爸在那吗？”

“他和博格先生去飞行实验室有一会儿了。”秘书答道，“我看看他在不在那儿。”

飞行实验室的机械师说斯威夫特先生不在那，他一直给地下办公室打电话也没人接。汤姆在工厂问了一圈也没人知道斯威夫特先生在哪，就挂了电话。

十分钟过去了，汤姆担心起来。爸爸去哪了？可能是针对斯威夫特家的恐吓又一次上演！

汤姆开着家里的私人轿车，很快来到工厂，进了地下飞机库。他只能听到远处有锤打声，再没有别的声音。

他扫了一眼办公室，爸爸没在那。他决定去问问工人们，就上楼到了“蓝天女王”的顶层舱板，但爸爸也没有在那。

汤姆想从里面的台阶上去时，突然注意到附近有持续不断的嘀嗒声。钟表？但在“蓝天女王”里是没有机械钟表的。唯一的计时器是汤姆自己设计的静音电子钟。

那这嘀嗒声到底是什么呢?

汤姆的目光扫视着这片很暗的地方。最初，他没看出什么不正常。之后，他发现了一个小的圆形物体。他马上跳到跟前。

看了一眼，他就明白担心的事情要发生了。是颗定时炸弹！

第十一章 追捕间谍

汤姆知道他必须争分夺秒。他抓起炸弹，冲下台阶，注意到设置的爆炸时间是一点三十分。

在飞机库的地板上，有一大桶润滑油。他把炸弹扔了进去，几秒钟后，油浸透了炸弹，这个邪恶的东西没法把他们炸上天了！

“呦！”汤姆吹了声口哨。“真是千钧一发！”

汤姆又上了飞行实验室的台阶，想搞清楚敌人这次邪恶行动的老底。他到了第一层的舱板时，看见有人蹒跚着向他走来。

“爸爸，您怎么了？”汤姆喊了出来，跳上前去扶爸爸下了台阶，到了私人办公室。

“我——他用毒气熏我——那个混蛋博格。”

“博格？他是个骗子？”汤姆惊呼道。

“是啊。”

他们到了办公室，汤姆开大了空调，让一个风口直接对着爸爸。

“好点了，儿子。我已经感觉好多了。我没在博格把我丢下的柜子里一直昏迷过去，已经算万幸了。”

“他放毒气是什么时候？现在一点半了。”

“应该是快到一点的时候，当时工人们还没回来吃午饭。”

汤姆给爸爸讲了炸弹的事，说一定是博格把爆炸时间设置为一点半。但为什么在一点半呢？他不用那么长时间逃走。这个骗子一定还在周围转了一会。汤姆突然想到了什么。

“爸爸，咱们进来时办公室门是开着的。您的钥匙还在吗？”

斯威夫特先生摸了下口袋：“钥匙不见了！”

“那肯定是博格偷走了。”汤姆说，“他想在这间办公室里找到点什么。”

他快速地一个接一个地打开文件柜的抽屉，很快就知道了博格要找的东西是什么。

“‘达蒙镜’的草图不见了！”汤姆喊道。

他给大门口的警卫打了电话，问博格是否已经出去了。

“一点二十出去的，把他带的腕表留下了。”警卫说，“出什么事了吗？”

汤姆告诉了他事情的经过。

“他是开车走的吗？”汤姆问。

“是，是里弗的出租车。”

“那你一定知道车牌号了。”

“我记下来了——是06392。”警卫答道。

“太好了！有线索了！”汤姆挂了电话。

他正要给警察局打电话，巴德在办公室门口敲门，汤姆开了门。

“喂，机长，发明家们都不会饿死的吗？”他说，“你妈妈——”

汤姆打断了他，告诉他斯威夫特先生受袭的事情。

“哇！这些间谍胆子真是越来越大了。”巴德说着，又问斯威夫特先生现在感觉如何。

“强多了。但要等博格入狱，我才能真正感觉好起来。”

汤姆给警察总部罗克机长打电话时，巴德宣称他会亲自追捕博格。他让汤姆给他描述一下博格的长相。

“从工厂带上几个警卫。”斯威夫特先生吩咐他，“可能会遇到麻烦。”

汤姆挂了电话，想起来妈妈还在等他和爸爸带客人回家吃午饭，所以赶紧打电话告诉妈妈这边的异常情况，但让她放心，爸爸已经没事了。

“我们最好就在办公室吃午饭吧。”汤姆说，“让乔给我们做点吃的。”

乔听说了事情经过，满腔怒火。“气得我骨头都要炸了，斯威夫特先生！”他大喊道，“我想把那个攻击您的人绑在最暴躁的马上，再拖着他跑到南美洲去！”

看乔激动不已，父子俩笑了。汤姆叫这位愤怒的大厨去做点午饭。等着午饭时，他给里卡多先生在里弗的旅馆打了长途电话。里卡多科学家听说了这件事，大喊道：

“那位博格先生当然是个骗子！我们的博格先生长得根本不是那个样——他也不戴眼镜。”

老先生听说那个骗子知道帕普丘这个暗号，就感觉更加不安了。

“在半球协会成员中一定有间谍！”他喊道，“我马上采取措施来纠正这一切！”

汤姆觉得现在出手挽救为时过晚，但他只是问了下老先生有没有发过一封有关本国访客的电报。

“有的，有的。”里卡多先生说道，“我们的博格先生今天会到访你处。为了不再出现骗局，请让他向你们出示一下口袋里的照片，是他的小儿子胡安在机翼上的照片。骗子是不会有那张照片的。”

汤姆与老先生道了别，乔开门进来了，手持托盘。斯威夫特先生吃不下多少，汤姆把乔做的午饭吃个了精光。

他喝第二杯牛奶时，对讲机震动起来。汤姆接听。

有激动的声音传来：“我们在大门这拦住了一个人，他坚持要见你。但是不对劲，他和前一位客人的名字一样。”

“你是说乔斯·博格？”汤姆问。

“对。”

“我这就过来。”汤姆说，“前一位是骗子。”

几分钟后，他就到了门房的接待室。有一位穿戴整洁的年轻人手持文件包，坐在一张舒适的椅子上。

“我知道有点混乱，有人顶替我的名字来过这。”访客介绍自己叫乔斯·博格，“非常抱歉，这一插曲可能对我的到访非常不利，我建议您仔细审查我的证明文件。”他从衣袋里拿出一些文件来。

汤姆看都没看。“博格先生，您有个儿子吗？”他问道。

来人一惊，但很镇定地回答：“是的。有一个小儿子叫胡安。”

“您是不是随身带着他的照片呢？”

“啊，确实有一张。”他从钱包里拿出一张小男孩在机翼上的快照。下面写着：胡安·博格，五岁。

汤姆笑了。“这个证明就够了。”他说，“您过来见见我爸爸吧！”

他们走到室外，汤姆对门卫解释说这才是真正的博格先生。

门卫给他发了一枚腕表，二人便向地下飞机库走去。见到斯威夫特先生，博格先生便谈到铀，以及无论如何不能让分裂政权凡拉诺的叛军们沾手铀资源。

“要是叛军得手，将令我国——帕普丘——蒙羞之至。”他说，“我们的对外承诺是——”

十分钟后，对话被电话声打断。

“我是小汤姆·斯威夫特。”发明家接起电话。

“我是巴德，听着，汤姆。我们找到了出租车司机，司机把骗子博格拉到了奥克蒙特机场，那有他自己的飞机。在起飞前他需要加油，还检查了发动机的一块磁石，所以刚飞走。也许你能赶上他。是伦肖飞机，向南飞了。可能正经过你家工厂上空。”

“我去追他！”汤姆重重地挂了电话，喊道。

他转向爸爸和博格先生，转达了巴德的紧急信息，又说：“爸爸，我会随时向您汇报的。”

“带汉克·斯特林一起去。”斯威夫特先生坚持道，“你可能会需要帮手。”

几分钟后，汤姆就驾驶着两座的螺旋桨飞机冲出了跑道。

“看紧东、西方向，汉克。”汤姆指挥着这位金发、方下巴的年轻工程师。

他们开足马力，飞了几分钟，谁都没说话。汉克仔细盯着前面，突然说：“我看到远方有东西。”

汤姆警惕的目光从仪表盘上转向了前面。在很远的地方有一架伦肖飞机，他们正快速接近那架飞机。

“喂，那个人在转圈飞！”汉克喊道。

“他可能想落地。”汤姆自言自语着，“但我没看见哪有跑道呀。”

很快，伦肖飞机钻进了一片高松林中，不见了。汤姆在松林上方转了一圈，正好瞥见那架飞机滑行进了一片草地尽头的大型机库里。在机库后面，是一幢旧的农房。

“私人机场！”汤姆喊了出来，“我以前都不知道这儿。”

汤姆驾机沿着长长的草地边缘转向，把它当作跑道，倾斜机身，着陆。他采取短道急停的方式，放下襟翼和轮子，减速，滑行，平稳着陆。

“我们无处藏身了。”他告诉同伴说，“随机应变吧。”

飞机一停下，汉克就跳了出来，汤姆等了一下。他伸手到飞行员座位下的一个小匣子里，按了开关，调了两个小旋钮。

“现在爸爸和家里人就知道我们在哪儿了，汉克。”他说。

这是汤姆最近的发明——无线电归航波柱——在他回来关掉设备前会持续发出信号，在企业集团和斯威夫特家中都能收到信号。

“如果你爸爸发觉有什么不对劲，他就会来增援。是这么回事吧？”

“正是。”

汤姆和汉克坚定地大步走向之前逃犯停机的库里，却没看见人影。大门紧闭着。汉克走过去，想要把门推开。

“锁上了。”他说。

汤姆重重地敲着门板。“里面的人开门！”他命令道，“我们知道你们在里面！”

“这回你可说错了！”一个冰冷、老道的声音从飞机库角落旁边传来，四个全副武装的人包围了他们。

第十二章 离奇的赎金

汤姆与汉克反抗未果。他们只挣扎了几下，双手就被紧紧地绑在了身后。

“别想搞什么诡计。”一个操着口音的武装人士警告道。

“不用担心，米格尔，他们也没那个机会。”另一个说道，“我们会用把他们绑起来。”

汤姆心里已经确定，至少有两个人是凡拉诺的叛军。另外两人，他觉得是北美人。四个人看起来都很凶悍。

“我们把这两个家伙送到机长那去。”绑牢了汤姆和汉克后，米格尔下了命令，“他会很高兴看到他们的，是吧？”

“你要带我们去哪里？”汤姆反抗道。

得到的回答是橄榄色皮肤的人重重一推，那两个北美人大笑起来。汤姆和汉克被推着，从一条小路上走去了农房。他们被领着穿过了小门厅，进入了一个宽敞、气派的房间。一个头发黑亮的年轻人斜倚在椅子里抽着烟。

“卡诺瓦机长，我把这些客人带来了！”米格尔报告道，“您想要见他们，对吗？”

汤姆已经想到，这位机长并不是冒牌的乔斯·博格，而是在企业集团工厂袭击过他的人！也就是那个在里弗参加过半球协会会议的间谍。

“哈！是小汤姆·斯威夫特？我们又见面了！”他笑得令人恶心，“你是想来见别人的吧？自称是博格的，我的飞行员朋友费尔南多？他走了。你还带了个朋友来。我们会有大把时间彼此熟悉的，你是——”

汤姆没有理会他的问题，而是生气地问道：“你说有‘大把时间’是什么意思？”

“是订个计划的时间。”卡诺瓦语带讥讽，“我们晚点再谈这个。我先告诉你，我，佩德罗·卡诺瓦，是不容别人作对的科学家。你明白吗？”

“我们得承认你是够狡猾的了。”汤姆回应道，“你用直升机梯子进入我们院子，关掉了雷达指示器。”

卡诺瓦的脸上露出了满意的笑容。“是的，我还有别的方法来达到目的。我会留二位在这待一段时间的——作为人质！”

米格尔大笑起来。“机长太聪明了。”他说，“佩德罗·卡诺瓦机长和他谦卑的仆人将会大赚一笔，只要我们回到——”

机长的拳头重重地敲在了桌子上。

“闭嘴！”他怒吼道，“你是要把你知道的都告诉他们吗？”

米格尔气都不敢出，闭上了嘴。佩德罗·卡诺瓦转向汤姆。

“我给你爸爸写了个条。”他说，“你在我签名的下面签名。”

“什么条？你想让他出钱来赎我们吗？”

卡诺瓦不怀好意地看着他：“要放你和你朋友出去，我可以接受飞行实验室作为礼物——但需要你帮我得到它！”

“什么！”汤姆大喊着。

汉克被这个无耻的要求震惊得说不出话来。叛军领袖又继续讲他的条件，两人越听越吃惊。

“是的，如果著名的斯威夫特先生还想见到他儿子活着，他就得把飞行实验室送到国界以南的一个地点。到时，你爸爸回家去，我会接手飞机，开回祖国。”

“你根本不会开。”汉克插嘴道，“你很可能会拉错杠杆，把自己炸上天。”

卡诺瓦皱起了眉：“那我可能就要带上小汤姆回国，教教我怎么用了！”

“你凭什么认为我爸爸会同意这个疯狂的要求呢？”汤姆大声说道。

佩德罗·卡诺瓦邪恶的脸上挤出了扭曲的笑容，让汤姆看那张字条。上面写着一下内容。

斯威夫特先生：如果你还想再见你的儿子，就把飞行实验室准备好给我送来。几小时后会通知你运送时间和地点。你需要将此信息绝对保密。

佩

“罗德佩？”汤姆自言自语道。然后他明白过来——是佩德罗倒着写！

他该怎么办呢？他当然可以拒绝签名。否则，如果他签了名，爸爸就知道他遇到麻烦了。

但要如何阻挠这些罪犯呢？汤姆沉思了一会，想起来他和爸爸一周前聊过，为危险状况制定了预案。现在就用得上。

“好，把我的手解开。”汤姆说。他双手被松了绑。

他静静地接过佩德罗·卡诺瓦拿来的笔，在写名字的时候，他在最后一个“T”上写了又长又粗的一笔。这表示汤姆遇到了麻烦，但也许能够自行解决。不管发生什么，斯威夫特先生都要用尽办法拖住敌人，应对他们的任何要求，时间越久越好。然后，他们又把汤姆的手绑到了身后。

“这才是聪明人。”卡诺瓦露出了胜利的笑容，“和我们合作，就不会伤害你！还有，你带那些彩色铅笔干什么用的？”

汤姆开始心跳加速。那是他的秘密武器！他尽量表现得不在乎地答道：“我绘草图的时候要用各种颜色的铅笔。”

“给我看看。”卡诺瓦说。

汤姆没法阻止他，只看着他拿起那只安装了微型无线电的绿色铅笔。汤姆希望佩德罗·卡诺瓦那双危险的眼睛不会发现秘密的启动按钮。卡诺瓦看了一眼，又拿了另外一支。

“女生家的玩意。”他不屑地说，“等我给你松绑再好好玩！”他嘲笑道，就没再看别的铅笔。

卡诺瓦要出去安排送字条的事，他用西班牙语命人把两名人质绑在他办公室里。汤姆和汉克假装听不懂，其实他们的西班牙语都很好。

“把他们的脚绑好。”卡诺瓦命令米格尔，“门口、窗外各放一名看守。”

“遵命，遵命，机长。”

米格尔检查了绑汉克的绳子，又看了汤姆的。这个黑皮肤的坏蛋检查完两人手腕和脚踝的绳子，又把绳子绑紧了些，都勒到肉里去了。他让汤姆和汉克分别躺在办公室的两头，出去时重重地关上了门。

“还好他们没把我们嘴塞上。”汉克气喘吁吁地说，“我觉得喊人是没什么帮助了。但一想到你爸爸要被迫放弃飞行实验室，我就火冒三丈。”

汤姆给他讲了刚才用的计谋，又说：“我们有机会自己逃出去。”

“怎么逃？”

“我衣袋里的红色铅笔是微型焊铁。汉克，你退过来，看能不能把它拔出来。”

工程师汉克一点一点地蹭到了汤姆躺着的地方。尽管一动绳子就割进手腕里，疼得厉害，他还是坚持把双手凑到了汤姆衬衫的衣袋处。

“拿到了。现在怎么办？”

“咱们得背靠背坐起来。”

这样一动也很疼，但他们还是坐了起来。汉克举着那个小玩意，汤姆打开了盖子。

“按下按钮。”汤姆指挥着，“用铅笔尖对准我手腕的绳子。”

“好。”

铅笔的那端收缩了回去，出现了很小的铁块。几秒钟，铁块就通红了。

汉克刚想去烧断汤姆的绳子时，听见有钥匙开门的声音。汤姆和汉克以迅雷不以掩耳之势闪到屋子的两头。

米格尔把头伸进来看了看，见人质都乖乖的，他满意地笑了。

“发明家现在就像笼中的小兔子！”他得意扬扬地说着，关上了门。

“再来这么一次。”汉克呻吟道，“我就完蛋了。”

汤姆闻了闻。“是木头烧焦的气味。”他说，“铁烧着地板了。”

“还烧到了我的手。”汉克接过话，“来，咱们快点把这个弄完吧。”

他们又回到了背靠背的姿势。这回，汉克用焊铁切断汤姆绳子的时候没遇到什么干扰。绳子烧了起来，几分钟，金属的热度就烧断了最后一丝缆绳。

汤姆的双手自由了！他迅速解开了绑着汉克的绳子，还有自己脚踝上的绳子。

“终于自由了！”汉克感叹道，“我想咱们手边还是留着这些绳子吧，说不定米格尔又会进来查看。”

“说得对。我觉得天黑前想逃跑是不可能的。”

“可能会有人来送晚饭，我们可没法再做出被绑的样子了。”汉克担心地说。

“那就告诉他们把饭放在那。”汤姆谨慎地瞥着门外，暮色渐浓，“但那些坏蛋应该不会关心我们的胃口了。”

“我听见有动静，一定是在厨房。”汉克突然说道。

声音越来越大。很显然是有人在庆祝，谈笑很大声，很随意，有英语，也有西班牙语。

庆祝活动一个小时后结束，一点交谈声都没有了，甚至有人在不远处低声打鼾。

“要逃就是现在了。”汤姆对汉克说。

“窗口的警卫怎么办？”汉克问道。

“我用红外线窥视镜看看。”

汤姆从口袋里拿出蓝色铅笔，向黑暗中射出了红外线，看到有幽灵般的人影站在一处低篱笆旁。

“他还在那。”汤姆汇报说，“不过，他走开了。可能去吃饭了。机会来了！”

两个“人质”尽可能悄无声息地推开窗户，从窗台爬了出去。

他们尽量安静地跑，偷偷溜过存放卡诺瓦飞机的机库，奔向汤姆自己的飞机。

突然，宁静被头顶嗡嗡的马达声打破了。一架直升机几乎是向他们头顶开来！

里面会是佩德罗·卡诺瓦和他的飞行员朋友吗？

第十三章 平流层疾升

汤姆和汉克几乎没时间想该怎么办。两人没有藏身处，只要便携式着陆灯一亮，他们俩马上就会被发现。

“听！”汉克突然说，“听声音像我们新的四人直升机。”

“确实像。”汤姆也有同感，“可能是有人收到我们飞机的归航波柱，开飞机来这了！咱们去看看。”

他从口袋里掏出绿色铅笔，用巴德给他起的昵称说道：

“飞克西特先生呼叫直升机。飞克西特先生呼叫直升机。你是哪位？结束。”

过了几秒，小铅笔振动，传来回复：“直升机呼叫飞克西特。我是巴德。你爸爸也来了。你在下面吗？”

“几乎就在你们正下方。地面空出。抓紧降落！”

“我去把咱们飞机的油放光。”汉克提议道，“就没人能追上我们了。”

“好主意。”汤姆说。

黑暗中，汉克指挥直升机安全着陆，又跑到来时开的飞机那儿，打开了油箱放油。直升机刚刚着陆，他快速奔向直升机，只听见远处传来声响，农房窗户的灯也亮了起来。

“咱们得马上离开这儿！”汤姆催道。

他和汉克爬上了飞机。直升机升空时，四柱强劲的信号灯在草地上照出了几道光柱。地面传来了飕飕的子弹声。

“谢天谢地，我们飞出射程了！”汤姆长出一口气，大声说道。

“是啊，让他们的子弹都白费吧。”巴德应声说。

“真高兴你们俩都安全。”斯威夫特先生说，“是那个归航波柱把他们给捉弄了。”

“爸爸，你收到绑架者的信了吗？”汤姆问。

“收到了，正好那会儿我找到了巴德。我们要将这些暴徒绳之以法，越快越好。”

汤姆用警方的波段进行广播，马上把他的经历告诉了罗克机长。

“佩德罗·卡诺瓦！”警官大声说道，“他已有罪在身，是个变节的科学家。汤姆，你能斗过他真是太聪明了。但可别再落到他手里了！”

罗克机长答应，马上派遣警察开车或驾直升机出发。尽管通往事发地点的路况很糟，降落也很危险，警察们还是会尽一切努力，不让绑架者跑掉。

同时，巴德驾驶斯威夫特家直升机到了肖普顿外围上空，很快就到了灯火通明的企业集团地盘。

第二天早上很早，斯威夫特家电话就响了，是找汤姆的。

“警局总部，我是罗克机长。昨晚我们运气不好。”他报告说。

机长说，警察抵达时，绑架者已经驾驶自己的飞机逃走了。

“坏消息还不止这一条。”他说，“他们烧毁了你的飞机。”

“烧毁了？”

“我们的人只找到了烧焦的飞机残骸。”

“哦。”汤姆有点懊恼，“那也比让他们偷走好。谢谢你们这么尽力。”

汤姆和爸爸还没走，瑞普考德乘出租车来了。他说自己已经完全恢复了，可以参加试飞。他们又吃了第二顿早餐，瑞普考德给父子俩带来令人震惊的消息。

“我刚听说。”他说，“我在找的A国空军的逃兵在用伪造的姓名和出生地。他叫里斯考尔，欧亚混血。他加入了南美的一个叛军政权凡拉诺。”

“什么！”汤姆高喊道，“他可能就是找我们麻烦的团伙里的人。”看到爸爸点头默许，他给瑞普考德详细地讲了他们智斗叛军的秘密使命。

斯威夫特先生说，显然叛军头目资金充足，智商很高，足以实施他们的计划。父子俩怀疑他们手中挟持着几位顶尖的半球协会科学家，以要伤害其家人来逼迫他们提供重要信息。

“形势不妙。”瑞普考德有同感，“对了，如果A国政府同意我去的话，你们去凡拉诺的飞机能再容纳一人吗？”

“完全可以。”斯威夫特先生答道，“现在可以先一饱眼福，看看‘蓝天女王’了。”

半小时后，他们到了大飞船的二层，汤姆开了实验室的门，又推开了防火门。瑞普考德看得目瞪口呆。接着，他们从实验室一处一处地走着，他惊叫道：“天啊，真是难以置信！闻所未闻！”

“你当然没见过了。”一个声音从后面传来，乔走了进来，汤姆向瑞普考德介绍了乔。“这个实验室。”这位厨师说道，“里面的瓶子比世界上最大的药店还多。再看看这些工具！”他指着实验室的一面墙，继续说：“要是这一系列中有哪个丢了——哎哟，天啊，我得手抓仙人掌，再吃下1千克的沙子！”

实验室的另一块地方用来放各种各样的仪器，小到天平，大到碎矿机。有很多仪器瑞普考德也不认识，他看着这些设计精妙的手动和电动仪器，难以置信地摇了摇头。

“汤姆，我向瑞普考德先生介绍灯可以吗？”乔像个小孩子一样恳求道。

“当然可以，说吧。”

乔从灯上的一种电池开讲，滔滔不绝地说下去。斯威夫特父子见他只靠在工程师们安装开关的时候旁听，就懂了这么多，觉得很是惊喜。

“这个小东西——”大厨指着一个绿色的小灯泡，“哪都不接，只用大气中的脉冲就能点亮。这个大家伙——瑞普考德先生，可闭好了眼睛——它的威力可吓人呢。”

瑞普考德听话地闭上了眼睛，汤姆解释道，这确实是他爸爸几经改进的特大型探照灯，必须要戴专用眼镜保护好眼睛才能用。

“这又是什么玩意？”参观快结束时，瑞普考德问道。

“斯威夫特家光谱仪。”汤姆答道，声音中难掩骄傲，“只要一瞬间，什么都能分析出来，包括放射性矿石。”

“好吧，我最想说的就是，祝贺你。”瑞普考德握住了汤姆的手，“我要把这叫作一位科学家的美梦成真。”

听说第二天早上大型飞行器要进行试飞，整个斯威夫特企业集团的人都非常紧张，又十分兴奋。汤姆和爸爸很早就在工厂与瑞普考德和巴德碰头，工程师和机械师也都到了。

汤姆在地下飞机库进行了临飞前的最后检查，然后打开了墙板上的开关。棚顶犹如魔法般慢慢一分为二。巨大的齿轮将整个飞机库分为两半，推到了两边。

“好。”汤姆对一位工程师大声说道，“启用推举器。”

液压推举器将“蓝天女王”下面的地板慢慢向上推，地板边缘与地面平齐时，推举器停了下来。四台橡胶轮胎的牵引器将飞行机推到了飞行场地。

“真是太美啦！”瑞普考德惊呼道，“比之前看的时候还要棒，汤姆！”

巨大的飞行器推到跑道上一个专门标记的地方时，工程师和工人们也惊呼起来。此处面积中有64公顷是使用特殊的瓷砖来承受原子推举器带来的冲击波。

观众们站在远处确保安全以防烧伤，看见汤姆和其他人到了各自指定的位置，人们开始尖叫和呐喊。汤姆在驾驶员位，瑞普考德在副驾驶，巴德就站在他们身后。

斯威夫特先生决定待在实验室，这样他可以监测飞行时各种化学物质、瓶装液体和电子设备的反应。大家都打开了对讲机，巴德负责和地面工厂联系，这样汤姆就可以全身心投入到试飞中了。

“乔，你在厨房吗？”巴德问道。

“在，巴德。但是看我的这点胆量啊，我抖得像盒果冻。”

汤姆在升空前先启动了声控螺旋，这是设计来消除快速升空时推举器的冲击的。接着，汤姆紧握节流阀，将原子能推入到喷气推举器中。随着声音越来越响，几近使人战栗，飞行实验室开始升空，几秒钟的功夫，就升到了空中。

“升空了！”巴德高兴地喊道，“天啊，兄弟，我们离开地球家园的速度也太快了点吧！”

到609米高空时，汤姆关掉了喷气推举器，巨型飞行器在空中静止下来，如同被隐形巨人的手托住了一样。

“爸爸，成功了！”汤姆看着远处地面上欢呼的人群，高喊道。

“成功了，儿子！”爸爸激动的声音从对讲机传来，“你的发明是科学界的又一大进步啊。”

“实验室怎么样？”汤姆问道。

“咱们人类疾速升空都没有问题，实验器材也没事。那些增压器真是令人惊喜。”

瑞普考德拍了拍汤姆的肩膀，说：“太棒了！这真是给我们的国防造福了。”

巴德俯身过去：“汤姆，没想到你能成功。要到其他星球旅行，乘这架飞机只要往这边飞一步就到了。”

“等等！不能这么快就去！”汤姆大笑道，“得先去凡拉诺。”

巴德听着地面上汉克·斯特林的汇报。“地面上的人都觉得难以置信，汤姆。你猜怎么着？”他偷笑着继续说，“你都造成方圆数英里的交通堵塞了，司机都停了车，仰头看你呢。”

汤姆大笑起来：“那我们马上再给他们来一场表演。”

他确认了飞机所有部件都平稳运行，加了前冲力。巴德看着空速指示器，屏住了呼吸。看起来好像几秒之内，飞行实验室就穿透云霄，时速上千千米。

“真是个好日子！”他喊出声来，“你在日落前就能绕世界一圈了！”

“最好稍微减点速，汤姆。”瑞普考德建议道，“这只是试飞而已。”

“有道理。”

“我建议你再往高飞一些，不然敌人们会看出这里面的门道的。”

“好的。”

地面的人看到大飞机突然成了反转的流星。喷气推举器的加速使飞行实验室半分钟就消失不见了。

“停——停——停下来！”乔从厨房喊道，“吃点小牛肉吗？去火星的话，我这的东西可不够吃。”

“那我们就得在月球停一下去采购了。”巴德回答道。

到了15千米高时，飞机的测高仪突然不动了，然后数值开始下降。汤姆扫了一眼仪表盘，就知道有麻烦了。

“怎么回事？”斯威夫特先生焦急的声音从实验室传来。

“喷气推举器有一半烧坏了。”他的儿子沉重地答道，“我想是那种金属材料承受不了这种高温。”

他说着恢复了水平飞行。

“最好马上降落。”他说，“还不知道对飞机其他部分有什么伤害呢。”

“对，不要做不必要的冒险。”斯威夫特先生又说，“大家系好安全带。”

瑞普考德皱起了眉。“这么大的飞机加水平力落地，你们的跑道够长吗？”他很是担心地问道。

“还没设计出让这么大的东西降落的地方。”汤姆答道，“但是——”

他快速给巴德指令，让他传达给汉克：“空出机场，准备迫降。喷气推举器失灵了。”

斯威夫特先生从实验室出来，看着汤姆操作。“汤姆，你能行吗？”

“希望能行，爸爸，但可能得尝试‘U’形急转。”

汤姆驾机下降，风声呼啸，所有人都紧张地坐在位置上。他转弯进入企业集团机场交通模式，临时跑道看起来小得可怕。汤姆倾斜机身进入凹槽，放下了轮子和副翼。

然后他切断了电源。轮子着地，巨型飞机在跑道上疾速前进。能不能准时停下，避免毁机的劫难呢？汤姆心里没数。

第十四章 绝妙公式

“‘U’形急转！只有这样才能逃生！”汤姆坚定地自语道。大飞机用这个跑道太短了！

感到前面的大石墙隐约可见，他全力踩下左舵和制动器，同时又给右侧发动机突然加力。

一刹那，“蓝天女王”猛然转向，掉了头。刚才是全速冲向石墙，现在汤姆打开了节流阀，发动机全速运行，喷气推举器巨大的推力成了扼制飞机自身冲劲的制动器。几秒钟后，飞机停了下来。

一瞬间，鸦雀无声。最终是瑞普考德揽过汤姆的肩膀，说道：“朋友，这是我见过的最伟大的驾驶技术！”

巴德也探头过来：“伙计，帅呆了！我以为我们死定了。”

斯威夫特先生也赞扬道：“汤姆，如果说之前我对你的发明和驾驭能力还不够放心的话，现在完全放心了。”

“谢谢大家。”汤姆简短地答道，又接了句，“乔怎么样？希望他没事。”

他们离开驾驶舱想去看乔时，大厨过来了。他面如死灰，浑身发抖。但看见其他人都没事，好像他也放松了些。他们顺次走

到舱外。

“能够再次回到这个星球，我真是太开心了。”乔说完，又恢复了以往的幽默感。

此时，汉克领着地面机组人员已经坐空难救助车到了这里。

“谢天谢地，你们都没事！”汉克大声说，“没人受伤吧？”

汤姆让他放心，没人受伤，喷气推举器的抗压能力令人赞叹。

“但是，我还是希望彻底检查一遍。”汤姆说。

他解释说，喷气推举器有些部分烧坏了。

“我们要用耐热性更好的金属来做。爸爸，你有什么建议吗？”

“一时半会还没有。”斯威夫特先生答道，但他答应要好好思考一下解决方案。

一小时后，汤姆去找爸爸，爸爸说还没想到怎么解决，又说他收到了一条紧急消息。

“那里的官员好像认为，我对于南美问题的建议可以帮西半球避开麻烦。”

斯威夫特先生说，他目前对整体情况知之甚少，但他确定这些都和“帕普丘”这个国家有关。

“特兰佩议员联系过我，我跟他强调我是科学家，不是政治家，但他还是坚持让我去参加一个会议。”

“那您什么时候动身？”

“马上就走。”

“那我们去凡拉诺的行程怎么办？”汤姆问。

他爸爸笑了：“你安装好‘蓝天女王’上新的喷气推举器，我应该就回来了。发明一种新型耐热合金怎么样？”

汤姆接下来的一整天都在冶金实验室，用铁和钛、钽、钨等各种高耐热的金属制成不同的合金，再小心加热，用无机酸蚀刻，又在显微镜下仔细查看合金的晶体结构。测试结束，没有一种合金能够超过原来喷气推举器材料的性能。

汤姆既疲惫又灰心，到了深夜，上床睡觉了。但第二天早上太阳一出来，这位年轻的科学家又有了新的想法，满怀激动地跳下床，五分钟就换好衣服准备工作了。

要不是妈妈拦住了他，他不吃早饭就冲出门去了。妈妈亲了亲他，道了早安，又说：“不要那么急，亲爱的。看你的眼神，我就知道你已经解决推举器的问题了，但你得吃完饭再走。”

汤姆搂着妈妈，一起到了餐厅。他边吃着香肠和烤薄饼，边解释着他的想法。斯威夫特夫人一直点头微笑。汤姆永远不会知道，他讲的那些技术细节，妈妈一个字也听不懂！

“我相信，你已经找到了正确的金属组合。”汤姆从桌子旁起身时，妈妈最后说道，“再见，亲爱的，祝你好运。”

汤姆大步流星，快到斯威夫特企业集团隐蔽入口时，他跑了起来。机械师还没来几个，到汤姆计算完金属组合最后的数学细节时，两位工程师进了冶金实验室。他们看了汤姆的公式很激动。几小时后，试验成功，众人都欣喜不已。汤姆把这种新材料叫作“锰合金”。

“真是奇思妙想啊，汤姆。”工程师里克·鲍尔说道，“而且这么简单。我怎么就没想到呢？”

另一位工程师斯坦·琼斯偷笑道：“里克，要是你也能想到，你就可以发明一个雷克蒂火箭了。”

汤姆和里克故意粗声抗议。接着，汤姆就赶快出去，吩咐人马上制造新的喷气推举器。

他找来负责机械店的领班，领班答应找人马不停蹄地做完喷气推举器，再安装好。

“但得用上好几天时间呢。”领班说。

晚上，斯威夫特先生给家里打来了电话。他很高兴听说汤姆已经解决了飞行实验室上唯一的缺陷。他还说，他了解到的情况复杂、危险，危及A国和世界。

“特兰佩议员和他的委员会想让我陪他们马上去帕普丘，所以我就不能和你一起飞了。汤姆，到那见吧。”

“具体在哪？”

“还不知道。短波联系。”

在等待喷气推举器完工期间，汤姆感觉很不安。他在地下飞机库的办公室踱来踱去，巴德建议他去攻克坠毁在他家飞机场的诡异导弹上的神秘符号。

“我可能忘告诉你了，巴德。”汤姆说，“我想我已经解出来一部分了。”

“什么结果？”巴德问。

“你记得等式中有两个相交的三角形吗？”

“记得。但不用问我觉得有什么含义，你是怎么理解的？”

汤姆说，他相信那两个三角形代表着两个相同的问题，一个是地球人的问题，一个是火星人的。

“是什么问题呢？”巴德追问道。

“可能是任何问题——气候、季节、其他星球的影响——”

“好吧，说到这就行了。”巴德咧嘴笑道。

他离开了朋友这儿。几个小时后他回来时，汤姆承认在破解那些奇怪的符号上还没什么进展。

“我想可能得从凡拉诺回来再解决了。”汤姆说。

“什么时候动身？”巴德问。

“只要试飞成功就动身。”汤姆说。

巴德问汤姆，试飞时是否准备带上人顶替他爸爸的位置。汤姆说他已经安排了制模部负责人汉森。

两天后，“蓝天女王”准备好了再次进行试飞。起飞后，汤姆驾机进行了两个多小时的高难度测试，“蓝天女王”都出色完成了。

“现在，我要打破升空高度的纪录了。”汤姆对瑞普考德和巴德说。

仪表盘显示喷气推举器运转正常，汤姆向呼啸的发动机注入更多原子能。测高仪上的数字一升再升——一万、两万、三万、五万，六万千米！还在不断升高！

“汤姆，我们已经打破人类升空高度的纪录了！”瑞普考德高喊道。

“你觉得能安全吗？”巴德担忧地问道，“如果继续升高，我们就要脱离地球，冲入太空了！”

“不用担心。”激动的驾驶员汤姆答道，“我们最高就升到这了。压力系统还正常吗？”

巴德检查了大仪表盘上的标度，答道：“像加时赛一样紧啊。”

“那我们就在这停一会。”汤姆说，“我想测试一下自动平衡器。”

驾驶员和乘客们享用三明治和热饮时，“蓝天女王”在空中停着。半个小时后，汤姆说他要降落了。

“我建议你不要降得太快，汤姆。”瑞普考德说道，“你知道大气摩擦有时会很诡异的。”

“我知道。”汤姆表示赞同。

他驾驶“蓝天女王”降落就如同在3千米以下降落一架普通飞机一样容易。落地以后，汉克负责管理自动录音，汤姆吩咐他在南美之行结束之前，不要将这些录音公之于众。

当晚在斯威夫特家，桑迪和菲利斯安排了一个欢乐的践行晚宴。瑞普考德也在场，晚会快结束时，他把汤姆叫到了一边。

“你能抽出一会儿时间到斯威夫特建筑公司来看一架新飞机吗？”他问道。

“当然啦。”汤姆回答说，“说说怎么回事。”

瑞普考德说，他刚收到一架单人战斗机。他希望飞行实验室上能有地方放，还想让汤姆看一下，马上给些意见。

“来的飞行员给我带话说，让我在南美做一些侦察活动，抓到那名叛变的空军驾驶员。”他说。

到了机场以后，瑞普考德指着小飞机说，只要有块森林空地那么大的跑道，他就能降落和起飞。飞机大小和袋鼠袋一样，是为近程射击设计的。它的小盔甲直立着，小炮和微型火箭筒的炮口在机翼的主边缘上突出来。

“哇！”汤姆喊道，“真是架不错的飞机。”

“我把它叫作宝陆战斗机。”瑞普考德也说道，“还完全在实验阶段。你觉得有地方来放它吗？”

“当然了。”汤姆答道，“现在就把它飞到企业集团机场吧，明早就把它装进实验室里。”

“好的。”

瑞普考德起飞以后，汤姆去打电话通知了夜班警卫罗伯茨，说瑞普考德已经在去的路上了。

“罗伯茨，还有。”汤姆问，“最近有你儿子的消息吗？”

“还没有。他妻子很是担忧。希望你去帕普丘的时候能打听到一些消息。”

“当然，我一定会尽力的。”汤姆答应着挂了电话。

第二天早上，瑞普考德的飞机推到了飞行实验室里。斯威夫特先生、桑迪、菲利斯和她的爸爸都在场，祝这些旅行家们切顺一利。

“汤姆，一定要小心。”他妈妈叮嘱道，“千万别冒险。”

汤姆、巴德、瑞普考德、乔和汉森爬上了闪亮的大飞机。他们打开舱口站了一会，向大家挥手告别。接着，舱门滑动着关闭了。

巨大的核引擎马上呼啸运转。几分钟后，“蓝天女王”就开始了自己的首飞！

第十五章 丛林行动

一个小时刚过，“蓝天女王”已经飞到了加勒比海上空，离南美洲大陆很近了。又过了一会儿，它就飞向南美内陆了。

“汤姆，小心！”在接近一片树林的时候，瑞普考德喊道，“两点钟方向有飞机向我们飞来了！”

汤姆驾机躲闪，在对方战斗机从“蓝天女王”前端擦过时，他瞥到那个欧洲驾驶员头发很亮。

“他一定是疯了。”巴德怒喊道。

“真是疯了，他是故意从我们这擦过去的！”瑞普考德警告道，“他又从十一点方向过来了。”

“他在向我们开火！”一颗子弹从他们身下穿过时，巴德喊道，“要是他在加压舱下面打穿个洞，我们就死定了！”

汤姆已经继续升高，瑞普考德抓起双筒望远镜喊道：“我敢说，这就是我找的那个家伙！我开宝陆战斗机去追他。”

瑞普考德快速穿上了很重的绝缘飞行服，冲到了飞行实验室的飞机库，巴德和汉森跟在他后面。他跳进飞机时，二人启动电动马达帮他开了实验室的后门，猛推他的飞机飞到了空中。

敌方驾驶员看见宝陆战斗机，马上跟了上去。他不怀好意地俯冲下来，跟紧着瑞普考德，迫使优秀的驾驶员倾斜机身，然后爬升，来甩掉身后的攻击者。其间，一串子弹穿透了宝陆战斗机的机翼。

瑞普考德驾机像闪电一样飞旋，突然他加速上升，然后回旋，飞到追踪机的机尾。敌方驾驶员还来不及躲闪，瑞普考德就发射了一连串子弹，打穿了对方的油箱。

“瑞普考德击中他了！”巴德兴奋地喊道，“看那冒的烟！”

“那家伙要逃跑。”汤姆喊了一句，“他往那边去了，降落伞已经打开。”

这时，瑞普考德的声音从飞行实验室的无线电传来，清晰镇定，“瑞普考德呼叫‘蓝天女王’。瑞普考德呼叫‘蓝天女王’。”

“瑞普考德，请讲。”汤姆指示道。

“这就是我要找的人，没问题。我去跟上他。汤姆，你们继续前行。一切顺利。完毕。”

他们看着瑞普考德跟着那名飞行员的降落伞到了一大片空地处。突然宝陆战斗机开始摇晃。

“嘿！瑞普考德有危险！”巴德大喊。

汤姆将“蓝天女王”飞低，好看清楚些。瑞普考德确实很可能在落地时会坠机。

“恐怕是有副翼受损。”汤姆焦急地说道，“我们跟上他。”

汤姆准备降落时，又传来了瑞普考德的声音。

“瑞普考德呼叫‘蓝天女王’。不需要支援。能够自行着陆。”

“收到。我们随时待命。”

“蓝天女王”在一旁等待时，机组所有成员都关注着地面的追击，连乔都到驾驶舱来了。

“哦！这高高的松树真是不错呀，”乔情不自禁地高呼道，“那个小宝陆战斗机在那森林空地降落得真是干净、漂亮！”

此时，受伤的逃犯瘫倒在地上，坠毁的飞机差点把他扣在里面。瑞普考德接近那名飞行员时，他还企图抵抗，瑞普考德给他下巴来了一记右勾拳，他就老实了。五分钟后，瑞普考德再次通过随身携带的带式传话器与飞行实验室通话。

“这是里斯考尔，确认。他已经受到控制。我得到了一份完整供述，在他身上搜到的文件也能证明他是佩德罗·卡诺瓦的手下，当时就是被他雇用来阻挠你们的行程的，不想让你们前行到此，汤姆。这只是采铀阴谋的一个部分。”

瑞普考德停了一下，汉森自语道：“没让那家伙把我们送上西天，真是幸运。”

“里斯考尔觉得最有胜算的做法就是偷袭。”瑞普考德继续说道，“他无意间还供出了一个同伙，留心一个叫弗里茨·曼纽尔的。”

“一定注意。”汤姆回应道，“你手里的人怎么处理，瑞普考德？”

“我带他飞回去，给他点颜色看看。”

“但是不知道你的飞机怎么样了？你检查好了，我们再走。”

瑞普考德查看了一下，发现还是需要帮忙。不仅副翼损坏严重，他的俘虏也开始不老实。

“我立刻过来。”汤姆说。

他刚要把“蓝天女王”降落到林中空地时，只听巴德大喊一声。

“看！原住民！”

有十几个红褐色皮肤的原住民剑拔弩张，朝着瑞普考德和里斯考尔走过去。但很快，他们又退回到树林里，显然是被从天而降的“蓝天女王”吓坏了。

大飞机落地，大家都下了飞机，乔甩起了一根他随身带的粗绳子。

“我要亲手把那个里斯考尔绑起来！只要我在这，谁也别想背叛国家，还能侥幸逃脱！”

汤姆和工程师在忙着用飞行实验室上的仪器修理宝陆战斗机的副翼，那些原住民突然又出现了。

“他们要开枪！”汉森喊道，“快跑！”

“等等！”乔喊了一声。

谁也没想到，他向前走去，嘴里还含糊不清地嘟哝着些方言。而那些原住民的脸上慢慢露出了理解的笑容。

“你和他们说了什么？”汤姆问。

“我说我从孤星州给他们带了些礼物。”

“礼物？”

“正是。有了这些小玩意，我们在原住民的地盘是不会被抓起来的。”

他从口袋里掏出一些不值钱的手链、戒指、胸针，还有四串珍珠项链，把这些东西分给了原住民。

“这是免战的妙招。”他大笑着加了一句。

花了一个小时才把宝陆战斗机修好再次升空，瑞普考德终于可以带他的俘虏飞回去了。

“这是飞行实验室的首次营救行动。”汉森说。

“就叫丛林行动。”巴德说。

有几个原住民在后面跟着他们到了飞机那，好奇地看着他们上了飞机，升空高飞。很快，乔给大家拿来了午餐。

大家在午餐快吃完的时候，瑞普考德再次用无线电呼叫他们。

“瑞普考德，请讲。”汤姆答复道。

“政府报告说，一架商用机在太平洋水面降落了。他们怀疑其中一名乘客是弗里茨·曼纽尔。‘蓝天女王’很快就能赶到那。怎么样？完毕。”

“我们赶过去。飞机在什么位置？”

汤姆知道了大概的方位，关掉了无线电，驾机向太平洋驶去。半小时后，他便开始了搜寻，飞行距离离水面仅有304千米。在平静的蓝绿色海面上，除了偶尔卷起的白色浪尾以外，就什么都没有了。

“怕是我们来晚了。”汉森低声说。

“是啊。”巴德说，“他们可能一到水面就沉了。”

汤姆刚想表示赞成，他敏锐的眼光就注意到在右边远处有个小点。

“那可能是片残骸。”他说着，将机身向那个方向倾斜过去。

巴德举起双筒望远镜看过去。“看啊，那上面有什么在动！”

“有人！”飞得近一点时，汉森喊道，“在救生筏上！”

“巴德。”汤姆说，“我开着滑行船去救那些人，你来驾驶怎么样？”

“没问题。”

十二名幸存者看见飞行实验室里开出的直升机，都疯狂地欢呼起来。汤姆飞到他们上方，降下梯子，让他们三人一组上了飞机。他又把这些人送到大飞机中，人们都高声致谢。汤姆问了他们的名字，但没有一个人叫曼纽尔。汤姆并不吃惊，他确信这名叛军在途中一定会用化名。

刚刚的经历使这些人又紧张又邋遢，但当他们到了休息室时，还是对眼前的一切感到难以置信。

汤姆帮他们放松下来以后，检查确认了没有人严重受伤或惊吓过度，便开始询问。

“我会用无线电通报你们都已安全。”他说，“飞机上一共有多少人？”

一位幸存者是乘务员，他说有20名乘客，4位机组成员。汤姆马上安排继续进行搜救，直到有救援直升机和海滩船只接手搜救工作为止。他给直升机的驾驶员发报说，注意叫弗里茨·曼纽尔的人，如果找到了他，就把他交给警方。

“我们应该继续走原定路线了。”汤姆对巴德说。

“那些人怎么办？”

“把他们放在最近的机场。”他看着地图说，“向东482千米就有一个。”

“你给表上完发条之前我就到那了。”巴德说。

“那你输了。表是自动上发条的。”

汤姆飞了不到80千米，巴德突然喊了一句：“一闪一闪的是怎么回事？”

仪表盘上的红色警告灯快速地闪个不停。

“老天啊！”巴德喊道，“是紧急出口处的信号灯！一定是有人给打开了！”

汤姆一步三个台阶地冲下了楼梯。他到了紧急出口，正好看见一个人带着降落伞，做好姿势准备跳伞呢！

汤姆一手握着护栏以防被卷出机舱，冲向了那个人。

第十六章 英勇追捕

那个人从机舱带伞而下，汤姆差点就抓住他了。同时，整个大飞机严重倾斜起来。迅猛的转向，加上打开的舱门冲进空气造成的吸力，使汤姆趴倒在地上，差点被气流卷出飞机。

他用出了吃奶的力气一手抓住护栏，一手抓着舱门边。几米外就是对讲机，关上舱门的电子按钮就在他身后。但他哪个都够不着。

汤姆看着下面的景象瞬息万变，开始感觉眩晕。他被吸得一点点靠近打开的舱口，他用尽最后一丝力气顶住脚尖，向舱内移动。

但是终究是徒劳。汤姆刚移回去一点，就又被吸了回来。他感到自己就要昏过去时，突然感到有光亮，还有响声。舱门已经关上了。

“汤姆！”

是汉森的声音。他帮汤姆翻过身来，用力摇着他。

“汤姆！”他又喊了一声。

过了一会儿，汤姆逐渐恢复了意识。他感激地看着汉森，又用微弱而沙哑的声音感谢他的救命之恩。然后，他坐了起来。

“怎么回事？”汉森问道，“是谁打开的舱门？”

“是一位乘客。”汤姆回答说，“他带着降落伞跳下去了。”

“是谁？”

“我也不知道。”

“他一定是疯了，要不没必要冒这么大险，可能会断了脖子的。”汉森说。

“也可能他有必要冒险。”汤姆说，“我想他应该是用化名的弗里茨·曼纽尔，而且——”

“而且还不敢到机场去，怕被抓起来。”汉森接话道。

“我要去追他！”汤姆突然说着站起身来。

“有我在这你休想去！”汉森高喊道，“汤姆·斯威夫特，你要是失去理智了，我就得使劲打你几下，让你恢复点理智。”

汤姆这才感到刚刚的惊心动魄使他浑身发抖，他答应不去追捕了。

“我让巴德开着滑行船下去。”他说，“你一起去好吗？”

“好。但你觉得我们追下去还来得及吗？那个人跳伞可是走了一会儿了。”

汤姆拿起对讲机与巴德通话，言简意赅地说了经过，问他能否掉头去寻找跳伞下去的人。

“他还没落地。”过了一会儿，巴德在降落伞上空飞了几圈后回复道。

汤姆听到这个消息，感觉全身力气都突然恢复了。他急忙从飞机库出来，到了乘客们所在的休息室，他们对刚才的惊险状况一无所知。

“你们中的一个人刚才跳机了。”汤姆宣布说，“是谁？”

那些人吃了一惊，目目相觑，终于有一个瘦高的老人说："是戈丹纳先生。"

"我们觉得警方可能在追捕他。"汤姆说，"有人知道他什么情况吗？"

一个男人开口了："我在飞机上时坐在他前面。在坠机前，我听他念叨着'我可不能死。凡拉诺需要我呢'。"

汤姆的怀疑得到了证实。他拿起对讲机，让巴德马上备好直升机，去追跳伞的人。

"汉森和你一起去。"他说，"我来驾驶'蓝天女王'。"

汤姆坐上驾驶席，巴德到了飞机库。他们打开了后边的巨型门，滑行船飞了出去，快速下降，几乎到了弗里茨·曼纽尔正在解开降落伞的地方。但直升机还没落地，跳伞的人已经穿过田地快速跑开了。

"汉森，你在这看好直升机。"巴德说，"我去追曼纽尔。我给他来个近身截击，把他打回A国去。"

他跟着那个人的后面跑，那个人跑进一片树林里不见了。巴德到了那，仔细听着。一点声音也没有。

过了好一会儿，他才意识到这样可能会使自己成为敌人的目标。唯一能斗过逃犯的办法就是躲起来，等着敌人的动静。

巴德趴到了地上，沿着灌木丛后面爬了15米，然后站了起来，躲在一棵树后偷看。他看到目标在远处出现，躲在小路狂跑。

巴德在他后面，猛追到灌木丛尽头，上了小路。他跑到小路尽头，发现到了一个小农舍附近。

巴德看见远处的弗里茨·曼纽尔爬进了一辆又旧又破的车。

只听咔嗒一声，车子冲下了一条小道。巴德还没赶到农舍，车子就不见了。

一个发狂的女人从农舍里跑了出来。还有三个深色眼睛的孩子抓着她的裙子。她几近疯狂，连珠炮似的喊着西班牙语，让各路神仙都来惩罚那个偷了她家车的贼。她突然转过身来，认定巴德和偷车贼是同伙。巴德用不流利的西班牙语向她解释着情况。那女人眼中充满恐惧。

“外国人！”她喊着向房子退去，“你又是从哪来的？也没车，也没马——”

她边说着，边拉孩子们进屋，重重地关上了门。尽管任务失败，巴德还是苦笑了起来，蹒跚着转身向直升机走去。他和汉森一登上“蓝天女王”，就用无线电向机场派遣员通告弗里茨·曼纽尔逃脱了。派遣员答应立即通知警方。

汤姆要去和乘客们说些事情，便让巴德来驾机。他想告诉乘客们飞机落地的计划。

巴德打开麦克风从机场塔台接收着陆导航，他呼叫汤姆问道：“机长，我是该用推举器，还是用螺旋梯？”

既然跑道够长，汤姆觉得最好不要泄露飞行实验室有喷气推举器。

“用梯子，副机长。”他说，“落地的时候注意看着点！”

“蓝天女王”在小行政楼前停了下来，马上就有一群人过来围观。汤姆以为他们只是出于好奇，来看这个巨大的新型飞船，但他很快注意到有几个人是新闻记者。

“你们哪一个人是汤姆·斯威夫特先生？”汤姆和巴德下飞机时，一名记者操着西班牙口音的英语问道。

汤姆说他就是，那名记者马上让他讲一下在太平洋水面上营救的事情。记者们询问过所有幸存者之后，又转向汤姆，庆祝他的大飞船飞行成功。

汤姆希望大家不要给“蓝天女王”拍照，但相机已经闪个不停。他想躲开那些拍照的人，但发现没法躲开。最后他只好叫了暂停。

“从你们国家来的飞机——都这么厉害。”有一名记者说道，“你们到底能做出多大的飞机，最快能飞多快呢？”

汤姆笑了：“快到能把你们都带到火星，把你们留在那！”

然后，他就离开了。他进了楼里，打听弗里茨·曼纽尔的消息。正如他担心的一样，警方还没有报道任何消息。

尽管汤姆很着急继续前行，但他还是决定等一会儿，看看能不能联系到爸爸。斯威夫特先生说好会给飞行实验室发消息，但却杳无音讯，实在太奇怪了。

汤姆给帕普丘的首都打了长途电话，接到了总统办公室。在感觉很漫长的等待之后，终于接通了。

“我是小汤姆·斯威夫特。”他用西班牙语自报家门道，“我爸爸老汤姆·斯威夫特在吗？”

对方的答复很令人失望。斯威夫特先生和另外两个人已经拜访过总统，但现在总统也不知他人在哪儿。

“可能你能在罗莉塔广场找到他，他住在那个酒店。”总统建议道。

汤姆给酒店打了电话，但是前台说他不知道在哪能找到著名的斯威夫特先生，已经有24小时不见他人了。

“我爸爸什么信息都没留吗？”汤姆很担心地问道。

“没有。”

“和他一起的两个人在那吗？”

“不在。他们今早飞回去了。”

“我爸爸呢？他退房了吗？”

“请稍等。”汤姆听见低声的交谈，接着前台人员回来说，“斯威夫特先生的一个朋友给他结了账，把他的包拿走了。”

汤姆沮丧极了。他开始给前台讲他怀疑他爸爸失踪了，这时电话掉线了，汤姆想再连线到酒店，却连不上了。

汤姆想了一下，决定给妈妈打个电话，可能妈妈有爸爸的消息呢。

“抱歉，先生。要把您的电话转到A国肖普顿要两个小时。”接线员告诉他。

汤姆灰心地回到了飞机上。他决定一升空就用短波试试。

巴德在副驾驶位上，听着当地的广播。汤姆告诉他很担心爸爸时，巴德的想法是比较乐观的。

“振作点，汤姆。你了解你爸爸。可能在帕普丘突然有什么东西激发了他的灵感，他动手去搞什么发明了呢。”

汤姆承认巴德的说法也有道理，但他对巴德说，斯威夫特家的人在帕普丘总是不太安全的，很可能是凡拉诺的叛军用了什么诡计把他爸爸抓起来了。

“巴德，这会儿他们可能正折磨爸爸、约翰·罗伯茨，还有其他的科学家呢！我们得弄明白怎么回事！”

巴德盯着他的朋友：“真是那样的话，咱们最好赶紧飞到凡拉诺去！”

他们俩把飞机上其他人都叫了过来。讨论后，他们一致认为，要是科学家们真被抓了起来的话，他们很可能就在会有铀矿床附近的地方。

汤姆看了一下地图，然后就起飞了，直线飞向神话中藏有放射性物质的山区。他飞得很高，避免撞到险峰，也避开可能会有的敌方探测。

同时，汉森用短波试图和斯威夫特家里还有企业集团工厂取得联系。但一切努力都是徒劳，他最后只好放弃了。

一小时之后，汤姆说："巴德，你继续驾驶可以吗？要减速。我要试试达蒙镜。"

汤姆和汉森来到了分成多个隔间的实验室，汤姆领路沿着中央走廊来到了一个超现代的暗室。一间小摄影实验室里装满了大大小小的照相机，墙壁大小的放大机，一台照片复印机，还有做微电影的全套装备。

汤姆打开了一个抽屉，拿出他为相机准备的胶卷。他把胶卷放进达蒙镜之后，快速到了"蓝天女王"的底层，把镜头装进了专用光圈里。五分钟后，胶卷激活，开始自动冲洗。发明家取出相片时，大喊出来："汉森！看这些照片！"

第十七章 寻的导弹

“哇！”汤姆喊道，“我们刚才飞过的那座山一定是纯铀做的。”

汉森兴奋地笑起来：“太棒了，真的。”

达蒙镜的胶片完全被大片的黑色盖满了。和之前拍到的不规则的小印迹比起来，最新的发现意味着附近有很多储量丰富并且非常活跃的铀矿床。

“下面一定都是实心的矿床。”汤姆大喊道。

他抓起对讲机告诉了巴德这个消息。

“倾斜机身，重飞一次刚才的路线。”他说，“我要知道刚才经过那座山的经纬度。”

汉森成了导航员，汤姆给达蒙镜又加了一些胶卷。浪费了五卷底片，才拍到了大片的黑色。这时，汤姆喊了一句：“汉森，现在是在哪？”

“在凡拉诺的东北角上空。”

“我们已经进入了叛军的国家。”汤姆说，“那任务就正式开始了。”

每个人都很清楚前面的危险。巴德在此环飞等待指令时，所有对讲机都鸦雀无声。汤姆走上前去，和巴德讨论降落的可能性。

“看起来情况不好。”巴德看着下面的一片片山峰说道，“根本没有平地。”

“要是降落地点离铀太远就白忙了。”汤姆说，“我们没办法在这样的地形步行上来。”

巴德又飞了一圈，掠过一座被积雪覆盖的山顶。

“有地方降落了——就在铀矿床和那个低山顶之间！”汤姆喊道，“我想先联系一下肖普顿，看看那边有没有爸爸的消息，然后再降落。”

汤姆打开了短波无线电电话，电话能同时连接到家里和办公室：“我在想，爸爸会不会遇到了哪位科学家，能解决——喂，喂，妈妈……是的，能接通电话真是太好了……我们都好……您有爸爸的消息吗……没有啊……别担心。我会找到爸爸的……我一直都很忙……家里人都好吧……是的，我——”

静电干扰，通话中断，汤姆挂了电话。他转身告诉巴德，他更担心爸爸了。尽管那位老科学家在研究问题时偶尔会不见人影，但他只要能联系到家人，从来都不会杳无音讯的。

“我确定爸爸有麻烦了。”汤姆断定，“我要再联系一下帕普丘的总统，请他安排警方搜救。”

他没能联系到总统，就直接给警察局局长打了电话。因为半球协会项目需要保密，汤姆不想透露这次嫌犯追捕的全部细节。局长认为汤姆想要找到爸爸下落的理由充分，同意马上立案，并派出一架飞机去往汤姆刚飞过的荒郊野外。

“越快到这越好。”年轻的科学家说。

“一个小时左右就能到。”局长保证说，“我们新的双喷嘴飞机听你调遣。”

“好样的，汤姆。”巴德说，“你把‘蓝天女王’开下去怎样？”

两人还没交接，巴德注意到离探测到铀矿床不远的山峰上有点不对劲。

“看！”他喊了一句。

一个细螺旋形的黑色烟圈从巨石和巨砾间升了起来。两人本以为是森林起火，但看到周边植被稀少，就否定了这个想法。

而那缕烟仿佛要证实他们的想法一样，突然改变了出现的方式，就像有人在控制。有一瞬间，纤细、连续的螺旋形完全不见了；一会儿，又喷出了很短、很突然的一股烟。

“怎么回事？”巴德疑惑不解地问道。

汤姆没有回答，但把飞行实验室停在了空中。又喷出了两股短烟，然后就什么都没有了。

“如果用的是莫尔斯代码的话，刚才是字母S。”汤姆说，“三股短烟或者是三个点！”

“是表示斯威夫特！”巴德激动地叫了出来。

“或者是SOS。看！又有烟出来了。”

一股很长很粗的烟喷向天上，跟随其后的是两股同样频率、同样形状的烟。

“是O！”汤姆喊道。

两人紧张地等待着再次出现三股短烟，就能确定是有人发出了国际呼救信号，但烟却没再出现了。

瞬时，同样的想法涌上了二人的心头。这些烟是斯威夫特先生，或者他们此行来寻找的失踪科学家们发出的求援，但被干扰中断了吗？

“或者。”汤姆不由说出声来，“是什么陷阱？”

“如果是陷阱。”巴德说，“我建议我们就在这等着警察来了再说。我有点担心，你的‘老朋友’佩德罗·卡诺瓦可能在下面等我们呢，我现在可不想见到他。”

“我也不想。”汤姆挤出了一丝苦笑，“我是想再见到他，但得是我掌控局面的时候。”

接下来的一个小时，汤姆在这一片上空来回地慢慢飞着。再也没有出现烟雾信号，两人紧盯着警方的动静，也没见有飞机赶来。

汤姆开着“蓝天女王”飞到叛军领地上空时，由于山顶高度急剧变化带来的上升和下降气流，天气条件突变，驾驶员要是有一秒钟的犹豫，都会有致命的后果。

“有时候，上升气流真是太可怕了。”他对巴德说，“但要是开滑翔机它就是宝贝了！驾驶员每到一个山顶都会破一次高度纪录。”

两个小时过后，还是没有帕普丘护航舰的影子。汉森也过来了，焦急地四下看着。

“我当然希望派来的警察没出事。”他沉思着说，“但我开始怀疑会不会是凡拉诺的叛军窃听了你的电话，把他们截住了。”

“汉森，有道理。”巴德说，“可能他们半路迫降了。”

“我们得去找他们。”汤姆说。

他打算直线飞往帕普丘首都，但前进速度并不快，好让飞机上的人都能看清地面的情况。

“一点迹象也没有。”在飞过了321千米后，汤姆最后说道，“我要给塔台打电话，看看他们是不是已经出发了。”

这回，他既联系不到机场，也联系不到警察局，只好放弃了。

“我要往回飞了。”他宣布道。

汤姆飞上了另一条更长的路线，机上人员用远摄镜头密切关注着动静，不仅要找到失踪的科学家，还要看看会不会有营地。但什么都没有发现。

“现在怎么办？”他们又一次飞到之前发现烟雾信号的地方上空时，汉森问道。

“我们降落到之前我发现的空地上去。”汤姆做出了决策，“你们觉得可以吗？”

“当然。”对讲机里传来异口同声的回答。

汤姆拉回节流阀，开始降落时，他注意到下面升起了白色烟雾。

“有人在朝我们开火！”他对巴德说，“但如果是高射炮，他们就打错算盘了。我们在这个高度，他们打不着的。”

小伙子们盯着空中看有没有连发子弹，结果没发现什么。汤姆开始感到强烈的好奇。

“巴德，打开雷达。”

“收到。”

突然，只见他们头顶出现了一个移动物体诡异的影子。

“汤姆，那是什么？”

“问倒我了。不是飞机，但是离这越来越近了。”

汤姆凭着直觉将“蓝天女王”急速升高。

“我们甩不掉它！”巴德大喊，“我从来没见过这样的东西！”

汤姆抓起双筒望远镜，聚焦在快速接近的奇怪物体上。“要是我没猜错的话。”他直白地说，“我们遭遇了敌人的恶魔武器！”

“你怎么知道的，汤姆？”

“那是一颗磁力寻的导弹，如果被它沾上，我们当时就会炸成碎片！”

“汤姆，小心！它过来了！”

年轻的发明家踩了左舵，横翻了个筋斗，眼见那个杯托状的水平导弹嗖嗖地冲向了右舵。

“我的老天啊！”巴德喊道，“它又转弯来追我们了！”

汤姆曾在科学杂志上读到过类似这样的武器。制成一个这样精密的磁力寻的导弹要花费巨资，人们普遍认为还要过几年才能面世。那这是第一颗吗，被穷凶极恶的敌人研制出来的？飞行实验室会是这致命的空中梭鱼的试验牺牲品么？

汤姆只有几秒钟的时间来决定如何在这场生死之战中自卫，他突然开着“蓝天女王”呼啸着急剧冲了下去。

巴德抱紧了双臂：“汤姆，你要干什么？会坠机的！”

汤姆没有时间解释自己的战略。这架大飞机直冲地面，向一座高耸的山峰撞去！

第十八章 变色龙

“死定了！”巴德微弱地自语道，眼见撞山坠机势无可免。

但汤姆很清楚自己在干什么。他在一瞬间，将“蓝天女王”前端高抬，贴着山顶飞过，重新冲上云霄。这个动作使汉森和其他几人都躺在了椅背上，脑子里血都倒流了。

紧接着就是震耳欲聋的爆炸声，炸弹带着巨大的惯性俯冲，撞到山上，撞得稀烂。汤姆战胜了导弹磁力寻的装置。

“呦！那也太——太惊险了。”巴德瞪大眼睛说，“机长，在下无用，愿为您效犬马之劳。”

接着，他又拍着汤姆的肩膀说：“我以为你刚才疯了呢。天啊，你真是能控制得了这个大家伙。”

汤姆擦了下眉毛：“我想那个导弹向我们射击，也就是几分钟前的事吧，但我感觉好像过去好几个小时了。”

汉森表情凝重：“我们这回要对付的可不是半吊子科学家。他们是拿出了压箱底的绝活，制造出这么先进的武器来阻止我们。”

“说得对。”汤姆咬牙切齿地说，“所以我们不能再浪费时间和他们周旋了。”

“你是说你要去半球协会总部吗？”汉森问。

“不是，我要研究这些烟雾信号，可能之后还会有。”

“再有也得明天了。”巴德发表意见说，“今天马上要天黑了。”

“天黑着陆最理想了。”汤姆说，“以免有炸弹，也不让我们看起来像受惊或逃跑，我会假装飞回国。”

“但你会从哪座山后面转向，再飞到这来。”巴德咧嘴笑道。

“正是。”汤姆也大笑着，“如果我们低飞着陆，可能就不会被凡拉诺的间谍观察到。”

汤姆先飞出帕普丘的国境线很远才掉头，往回飞的时候已经下降了很多。他尽力近距离观察着山区的地形，然后驾机直飞，降落在他几小时前发现的小峡谷里。

“成功了！”汉森说，“我确定敌人不会想到咱们敢尝试降落。”

汤姆没他这么乐观，但至少目前“蓝天女王”和机上人员都是安全的。三人站了起来，伸了伸胳膊，向舱门走去。但汤姆要求大家等舱内压力降到和外面差不多时再出去。

“别着急。”他提议道，“在空气这么稀薄的地方，一定不能操之过急。”

“荒无人烟的国度。”巴德嘟哝着第一个下到了崎岖的地面上。

“我觉得我是不敢住在这。”汉森跟着他出来时说，还四下打量着，“不知道这海拔有多高。”

“我猜有2.5千米。”汤姆答道，“人到了这都头晕眼花的。”

“要是现在就觉得高了。”巴德说，“看看旁边那座山，在这下面看，感觉有3米高！”

乔磕磕绊绊地从飞机上下来，扭着脖子想看个清楚。他有好一会儿不吭声。

“山顶在哪呢？我视力太差，看不透云彩和积雪。或者说。”他有点发抖，慢吞吞地说，“看的时间越久，越觉得这山要倒在我身上了。”

一行人看清了周围的环境，开始商量起怎么过夜。汤姆回到飞机里，几分钟后拖着一个巨大的袋子出来了，其他几人赶忙冲上前去帮他。

“现在，咱们来做点隐身的工作。”他说着把大袋子放到地上，抽出了一卷网绳。

“怎么隐身啊？”乔问道。

“这张网的涂色是棕灰交错的。”汤姆回答说，“所以它——”

“变色龙！”汉森大喊道。

“猜对了。”汤姆点头说，“我们把网撒到整个飞机上，从空中看就和地面一样。”

“啊，请你用我的鱼竿吧。”乔咯咯笑着说，“我肯定从来没见过那么大的渔网。是钓鲸鱼的吧，对不对？”

“要是你在这能找到鲸鱼。”巴德说，“就把网借给你去钓。”

“你等着瞧吧！”乔应声道，“我肯定会钓上来点什么的！”

“你只会把自己钓感冒了吧。”巴德嘲笑道。

四个人七手八脚，一起努力才把巨大的尼龙网盖到了机身和机翼上。半小时后，他们大汗淋漓，筋疲力尽，但总算是弄好了。

“那么，除非是我们降落时被发现了，或者是飞行时就被雷达监测到了。”汤姆说，“不然，要发现飞行实验室就太难了。”

“今晚要去挖那个会让咱们发大财的东西吗？”乔问道，“多弄点钱总是有用的。”

“那是汤姆的下一个花样。”巴德开口说道，“开设一门怎么把铀矿变成银行钞票的速成课。”

汤姆做了个鬼脸，然后说：“我想可以开始挖掘了，但最好四下侦察一下，确定方位。一会就彻底天黑了。”

四人把“蓝天女王”的舱门锁好以保安全，然后花了一小时来勘查峡谷。汤姆带了一个标准型的盖格计数器，响声很稳定。

“我们好像是走在辐射物质的温床旁呢！”汉森激动地喊道。

“是啊。”汤姆回答道，“一定不能让那些叛军插手，再把这些东西卖到美洲以外的地方去。恐怕这也正是他们的目的。”

“肯定是了。”汉森表示赞同，“里斯考尔的供词就能证明！”

四人在这崎岖不平的地方忙完，累得气喘吁吁，天刚黑就回到了飞行实验室。乔做了一顿美味、提神的晚餐，大家都在休息室坐下来，聊着天消磨时间。

突然汤姆举起手示意大家安静。

“怎么了？”巴德问道。

“听！”

远处有微弱的汽笛声，但在开放的港口中很难辨别出来。

“是飞机！”过了一会儿，汤姆喊道，带头冲向了雷达屏，“可能是警方到了。”

他快速打开了舱内的雷达，屏幕马上显示出一个小点。

“正在我们头上飞呢！”巴德喊道。

所有人的眼睛都盯着屏幕，只见那个小亮点缓慢地在雷达显示器屏幕上绕圈转着。飞行员是敌是友呢?

“你觉得他们知道我们在这吗?”巴德问道。

没有人知道答案。神秘的喷射机继续在他们头上盘旋着。

最后汤姆打破了沉默：“咱们出去吧，也许就能看清是谁了。”

他匆忙走向了主登机门。飞行实验室逐渐消失在视野中，一行人到了外面寒冷、潮湿的地面上，向天上望去。

“看机翼灯。”巴德指向在他们头顶飞过的，一闪一闪的红绿灯。

“我要飞上去！”汤姆说道，“是满月。巴德，来，咱们开袋鼠袋，要追上任何飞机都没问题。很快就能知道咱们的客人是帕普丘警方还是凡拉诺叛军了！汉森和乔，帮我们布置一下便携跑道，好吧?”

强壮的厨子和工程师掀起了飞机网罩的一头，从飞行实验室的机身后侧的滑门把轻型铝跑道放了出来。然后他们打开了地面的灯，又把灯盖住，这样从空中就看不到反光了。同时，汤姆已经预热了卡布飞机的发动机。卡布飞机设计适合快速启动，飞机滑出，呼啸前进，几秒钟就离开了地面。

“我把灯关了。”汤姆对巴德说，“如果可能的话，我不想让那架飞机知道我们在这。当然，可能我们还是会被机上雷达监测到，但还是不要做不必要的冒险。”

汤姆下颌紧绷，直接奔向另一架飞机。突然，那架飞机的灯关掉了，小伙子们听得出它开始加速。

“他逃跑了！”巴德喊道，“不是警方的飞机。”

卡布飞机在它后面紧追，把所有喷射器都开到最大，穿越天际。

“那家伙跑得太快了。”巴德说，“还有，汤姆，你看清他飞的方向了吗？”

“当然了。深入凡拉诺领地了。巴德，那个飞行员一定是在我们降落‘蓝天女王’时发现我们了。但是我要联系他一下，好确定他是不是敌人。”

汤姆打开了无线电，一遍又一遍地呼叫：“警方飞机请回复。完毕。”完全没有回应，汤姆最后关掉了设备。

汤姆的蒸汽机很快，但还是落后于逃犯的飞机。另一架飞机渐渐变得模糊，直到完全消失不见。汤姆继续追着，希望能发现那名飞行员可能着陆的地方。

卡布飞机全速冲过两座山峰间的空隙，突然倾斜了一下，然后急剧上升。它看起来好像挂在某种巨大的吊车上，以火箭的速度被拉上天，完全失控了！

第十九章 秘密降落地

“我们遇到了上升气流！”卡布飞机剧烈地转圈时，巴德喊道。

汤姆没有拼命去控制飞机。相反，他紧张地等待着山里的热波停止的一秒。

他扳回节流阀，避免机翼被疾风撕碎，一直等到他感到飞机突然恢复了控制，飞越山顶积雪向天空飞出，他才松了一口气。

“天啊，我刚才都开始想——”

他的话被卡布飞机侧面突然受到的强劲拉力硬生生地打断了。这架小飞机无助得就像豆荚上的绒毛，受这股新力量的挟制，侧面打滑，向山峰的尖角撞去。

“完了！”巴德闭上了眼睛。

但汤姆对抗着四肢肌肉的紧张，挣扎着想把飞机开回正轨，却好像没什么效果。在离山峰30米高时，卡布飞机又遭遇了一股新的上升气流，向前直冲过山顶。安全了。

“我这一晚上可是开眼界了。”巴德说着，感到心怦怦直跳，“机长，凭你刚才的技术，应该给你发一块纯铀的奖牌。咱们回去吧，怎么样？”

返程没什么惊险，小伙子们借着明亮的月光，很容易就找到

了大本营。汉森和乔出神地听着巴德讲述这次历险。

“这周围肯定不安全。”大厨说道，“或许我们应该离开这儿。”

他突然离开大家，去了他的床铺。汉森和巴德也说他们要去睡一会儿了。汤姆却激动得睡不着，还继续待在客厅里。他翻开一本又一本杂志，却哪篇文章都看不进去，直到看到一篇关于火星的文章。

“所以说，这位作者认为，那个星球温度是零下28℃，地球人是没法在那舒适生存的。”汤姆琢磨着。

他读完这篇论文，坐着陷入了沉思中。导弹上的那些符号——会不会和天气或温度有关呢？汤姆从口袋里拿出铅笔和那道奇怪数学题的副本，又基于这个理论开始了新的计算。

“如果火星上有人住，那些人要来地球的话，能适应的地方只有北极了。”年轻的发明家自己笑道，“可能他们想知道——”

“汤姆！”巴德的声音从门口传来，“看在老天的份上，睡会儿觉吧。都三点了！”

“好的，伙计。我就要睡了。”

第二天早上，大家起得都很早。乔准备了香肠和煎饼早餐，然后宣布，他已经准备好进行挖掘探险了。

“但我得先联系一下警方总部。”汤姆答道，“他们可能会有爸爸的消息。我还想知道警方的飞机出什么事了。”

他和巴德走过去打开了短波设备。噼啪响了几下，紧接着就是刺耳的响声。显然，他们暂时都不可能接发信息了。

“怎么会干扰得这么严重呢？”巴德很不满地问道。

“我也一样没头绪，”汤姆说道，“我敢说，凡拉诺的科学家们在故意阻截电波。”

乔把头探进了驾驶舱。“怎么样了？有消息吗？”

汤姆说了一下情况，乔催大家忘了这事，去研究埋铀的矿床。

“好吧，”但是可能要挖到很深才行。”汤姆赞成道，然后又说，“最好给汉森和你自己带上两把锄头和铲子。”

“哦，请你用我的修蹄刀！”大厨激动起来，“那你和巴德干什么呢？你们俩有什么魔法能把铀从地底下抽出来么？”

大家都大笑起来，汤姆说：“我和巴德要让你和汉森去找到整个铀矿床，乔。我们俩要开直升机去看看还有没有烟雾信号。”

所有人在外边集合，看了看天气情况。外面很冷，大家的呼气都冒着白气。但汤姆说，能见度很高，非常适合飞行。

“看！”一只灰黑色的大鸟向他们头上俯冲下来时，巴德喊道，“你们见过这么宽的翼幅吗？我说，至少有3米宽！”

“一定是只秃鹫。”汉森说，“就是脖子像个折叠管子的那种鸟。”

“它的命比猫还长。”汤姆说，“有个原住民告诉我秃鹫就算被套住几个小时也能飞走，手枪子弹基本伤不到他们。”

“我想知道它要去哪儿。”巴德说，“啊，啊，它的目标在那呢。”

有只羊驼正往山上爬。凶恶的大鸟毫无预警地俯冲下来，对准了羊驼的眼睛。小动物成功地躲开，秃鹫转身飞走了。

“但它还会回来的。”汉森预言道，“它先啄眼睛，然后是舌头——”

“要是我管管它，它就啄不成了！”汤姆喊着。

他命令滑行船马上从飞机库派出，两名飞行员登上了飞机。汤姆打开了推举器，很快，他和巴德就驾机升空了。

“那只秃鹫又回来了！”巴德喊道，“我猜它是要迅速干掉那只羊驼！”

汤姆打了左舵，高飞出一条弧线，直升机发出巨大的响声，俯冲向那只残忍的秃鹫。

“你要干吗？”巴德喊道，“你疯了吗？那只鸟能把飞机撞碎！”

汤姆没有吭声，将飞机直接开向了“战场”。大鸟本来已经把猎物困在一个很浅的石缝里了，现在受到惊吓，盘旋飞着退开，猎物也不要了。

“嗯。”汤姆说，“这下它错过了一餐。”

“也许你不该打乱自然界的秩序。”巴德脱口而出，“这下那可怜的鸟要吃什么呢？”

“我也是自然的一分子。”汤姆为自己辩护道，“我是从秃鹰口中救下了一只珍贵的动物。”

“可能你说得对。”巴德做出了让步，“秃鹰应该只清理已死动物的尸体，但秃鹫可不管食物是死是活。”

汤姆驾机驶向了前一天见到烟雾信号的地方。

到了之后，巴德说道：“现在看不见烟了。”

“发信号的人也不能发上一整天。”汤姆说，“我想他是等有飞机的声音再发。我可以飞低一点，尽量多弄出点声音。”

飞机开始降低高度，涡轮叶片有节奏地呼呼作响。有一刻，汤姆很想着陆，但山边的角度过于陡峭。他来回飞着，二人希望能找到降落地，也希望能看见烟雾信号。他们刚看到一处能降落的地方时，巴德喊道："我看见了！"

千真万确——真的是烟雾信号！

"肯定是有人看见我们了！"汤姆开心地喊着，驾滑行船向烟柱处驶去。

"他们又发暗号了——三次短烟代表S。"巴德急切地数着，"又来了三次长的，是O。又是三个短的。汤姆，确实是SOS！"

"啊，还有——看着！"汤姆喊着，"是H-E-L-P！"

"一定是罗伯茨的探险队！"巴德大喊着。

"我们得去救出他们！"汤姆坚决地说道，"爸爸可能也和他们在一起。"

"看！又有信号了！又出现R了，O——和B。然后呢？"巴德喊道，信号突然停止了，"怎么会，就这些！一下子就停了！"

汤姆看到烟雾突然消失也大吃一惊，他沉思着："罗伯——会不会是发送人想发'罗伯茨'，但被人抓住，把火熄灭了？"

"或者是有人被劫了？两种情况都有可能！"巴德认为。

此时，直升机继续降低高度，二人瞪大了眼睛想看清可能发出烟雾信号的地方。巴德抓起了双筒望远镜。

"汤姆，除了一堆石头我什么也没看到。"他说，"发信人可能在哪呢？"

这位副驾驶焦急地擦着能看到地面的窗户，没看到山中有空地，也没有生命的迹象。

“这真是神秘。”他说，“都有点诡异了。”

“我们可以现在着陆。”汤姆说，“去周围看看，碰碰运气，或者等警察来了再回来这儿。”

“要是我，就不会现在着陆。”巴德想了一下说，“我们可能会进入敌人的圈套。那些叛军可能会用约翰·罗伯茨还有他的团队作诱饵。”

“巴德！说得对极了！我们现在不降落，今晚天黑了再来！”

“你傻了么？这里地势复杂，天黑了还怎么降落？”

“可以降落。”汤姆激动地说，“巴德，你把那几罐荧光粉拿过来，好吗？那我们就可以把降落地圈出来了。”

“我明白你要干什么了。”巴德眼睛放光，“晚上发信人睡了，我们再回来，在这里用紫外线探照灯就行了。”

“正是。敌人看不见我们的灯，但光柱能够照出荧光粉。”

“今晚咱们就营救失踪的科学家们——可能还有你爸爸！”巴德激动地喊道。

第二十章 山崩

汤姆驾驶着直升机在狭小的紧急降落地上空盘旋。巴德向前伏在飞行舱板上，将头和双手伸出了开了缝的舱门，用罐子里的荧光粉给降落地的边缘划出一条细线。

“完毕！”巴德对着飞行员喊完，起身关上了舱门，坐回到汤姆身边的斗式座椅里，“我都有点等不及到半夜了。”

汤姆检查着导航系统，选择了回营地的路线，巴德想知道乔和汉森挖东西运气如何。

而那两人已在两座山峰间的石台上费力地凿开了深坑，此时正在努力挖掘。目前，他们还没找到放射性矿。

乔离他的同伴有些远，这会儿停了下来擦额头。他的目光在周边打量着，看见不远处有水汩汩流出。大厨慢慢走过去，俯身狂饮了几口，感觉很清凉。

“比老家的水还好喝呢。”他自言自语着。

他站直了身，要回去干活时，汉森跑了过来，问他在干什么。乔说了喝水的事。

“喂，在这种地方，那种山泉水可不能再喝了。”汉森很是担心地提醒道。

“怎么呢？”乔问，“水而已，对吧？喝起来很甜，很解渴呢。”

工程师汉森解释说，这里的水肯定都含有放射性分子。喝多了会损坏血细胞，对人的健康极为不利。

“还有——”汉森笑着说出结论，“你剩的那几根头发也保不住了，乔。”

大厨很警觉地用右手捋了捋日渐稀少的头发。

“我记得汤姆讲过那种水的故事，和这儿的差不多——很久以前这水把原住民骗到了。”他看了看周围又说道，“但是说真的，这可没有传说中那么好看的花。”

“这条溪是在那个峡谷里。”汉森提醒他，“可能在很久以前就被山崩埋起来了。”

乔点点头，然后听到了直升机的叶片声，说道：“他们俩回来了。”

小飞机轻松落地，他和汉森上去迎接两名飞行员。

“我都开始想你们是不是遇到麻烦了。”汉森对他们说。

“麻烦！真是遇到了。”巴德嘟哝说。滑行船回到了飞行实验室的怀抱里，巴德讲了一遍他们遭遇秃鹫的事。

然后汤姆说，他们又看见了新的烟雾信号，却找不到是谁从下面的石头堆里发出的信号。

“但我们半夜要再回去，弄明白。”他说。

“我不同意。”汉森很直接地说，“如果是斯威夫特先生或者罗伯茨一行发出的烟雾信号，他们看见你们的直升机为什么不现身呢？汤姆，你爸爸肯定能认出直升机来。”

“他们很可能被监禁了。”

“在山里？”乔半信半疑地问道。

汉森继续说，他确定烟雾一定是叛军放出来，要诱捕年轻的科学家汤姆的，还有他的同伙，抓一个算一个。

“但我估计，说完你们也还是会去。”汉森总结道。

“对。”两人异口同声。

吃过晚饭，又抓紧休息了一下，大家便开始挖掘。选了些新的挖掘点，但汤姆坚持让大家都待在彼此能照应到的范围内。

乔向唯一一块略长植被的地方走去，是石台下不远的一块地方。午后久久的宁静中，只听得到铲子凿地的砰砰声和砸石的噼啪声。突然听见乔大喊出声，汤姆吓了一跳。

“嘿，汤姆！过来！救命啊！”

汤姆扔下了锄头，向大厨挖掘的地方快跑过去。他沿着岩石边敏捷穿行，最后加速快跑，不到一分钟就赶到了地方。

“乔！你在哪呢？”

起初没人应声，接着从低洼处传来了微弱的呻吟声。汤姆马上赶了过去。

“乔！”

“哦——哦哦，我的脑瓜子呀！”

汤姆迅速到胖胖的大厨身边跪了下来，大厨几乎整个人都埋进沟里了。乔痛苦地呻吟着，他头的一侧高高地肿了起来，越肿越厉害。

“怎么回事？”汤姆把大厨扶出沟时问道。

乔有几秒钟没能说话。他蹒跚着爬起来，站在那揉了揉脑袋，不停地呻吟着。

“我真不太知道，汤姆。我正挖得起劲呢——你看那——抬头一看，就在那山坳里，我看见两个身涂颜料的原住民站在那，准没错！”

“原住民！”汤姆惊呼了一声，“继续说。”

“我吓得都不会动了，还没等我明白怎么回事，他们上来就抓住我，把我摔在地上了，我才喊了你。”

“那他们到底想怎么样呢？”汤姆问，“你知道他们是为什么来的吗？”

“我怎么会知道！他们想把我拖走，我一喊，一个人就把我推到沟里了。他又对另外那人说了什么，他们就跑了。”

“快点，咱们最好回到飞行实验室去，给你头部上点药。”汤姆说，“我看最好用冰敷一下，肿得太难看了。”

他用胳膊架着乔走，心里想着这些来势汹汹的原住民会不会是凡拉诺团伙的。

“可能是派来监视我们的间谍。”他沉思着，“但为什么要涂颜料呢？这些山区的原住民只有在仪式上才化出征妆，可能是有人伪装成原住民来误导我们的。”

直到帮大厨上了飞机，汤姆心里还是疑惑不解。离打开的舱门10米的地方，他们被远处的砰——砰声吓了一跳！爆炸震动了山脉，汤姆循声向天上望去，看见很高的悬崖顶部开始松动。

“怎么回事？”乔问道，爆炸声使他清醒过来，“这么大动静是怎么回事？”

“我也不知道。”汤姆说着放开了战栗的厨子，跑回去看清楚山边的情况，“一定是有人在我们头顶点了炸药包！”

随着巨大的爆炸声穿过地面，现在又出现了另一种声音——地面深处的隆隆巨响。

“是山崩！”汤姆喊道，“朝这边来了！要是不躲开，会把我们和飞行实验室都埋在里面的！乔，快进去，我得飞离危险区！”

汤姆在身后重重地关上了舱门，三步并作两步冲向驾驶席。他如闪电一般打开各个开关，启动了喷气推举器。

山崩几乎到了飞机这儿。透过机罩，汤姆能看见巨石向这边滑落，又砸动了其他的巨石和地面。致命的巨物以越来越快的速度向飞行实验室席卷而来。

呜——呜——嘘！蒸汽发动机启动了，“蓝天女王”呼啸着飞到了废墟之上。价值连城的飞机差点被撞毁，机上人员可能丧命，但就在这几秒钟之内化险为夷！

快速升空把用来伪装的机罩扯离了飞机，机罩慢慢飘下去，落在一堆巨石上。

此刻，汤姆和乔从惊慌中缓过神来，看着下面。他们看见汉森和巴德站在安全的地方，松了一口气。

“谢天谢地，他们没事！”汤姆倾斜机身向他们飞去时嘟哝道。

他向汉森和巴德挥手，二人正目瞪口呆地盯着突然出现在空中的飞行实验室。

“他们可能不明白我们怎么能及时逃出来的。”汤姆偷笑着说。

乔点点头。“我头上那个大包来得真是时候。”他说，“要没有那个包，我们还在继续挖呢，飞行实验室也就得让山崩给埋起来了。”

“确实是，乔。现在我得把实验室降落在哪呢？”

乔还没来得及找合适的地方，就喊了出来：“山崩又来了！”

第二轮山崩沿着山边爆发，离几个人更近了。飞机里的两人惊恐地看着可怕的山崩卷着岩石碎片，势不可当。

“汤姆——汤姆！山崩朝着巴德和汉森去了！他们逃不掉了！”

第二十一章 敌方的欢迎

山崩盖住了很大一片地方——看起来大到让巴德和汉森无法逃脱。

“这山崩还会停吗？”汤姆把飞行实验室飞低了些，抱怨道。

“就像——就像世界末日。”乔自言自语着，“我都不知道一个地方能有这么多石头。”

空气里满是尘土，根本看不清地面的情况。当岩石停落，尘埃稍清，一种无助感涌上汤姆和乔的心头。巴德和汉森之前站的地方现在堆满了滚落的巨石，岩石裂缝间有刚形成的小溪流过，茂盛植被的残枝堆出了奇怪的形状。

“你觉得他们俩会不会逃走了？”乔迟疑地问道。

汤姆驾着飞行实验室在这片地方上空盘旋着，完全不见巴德和汉森的人影。乔拍了拍他的肩膀，想说点什么，好让两人都对朋友能够奇迹般逃生还抱有希望。

“汤姆，别气馁。也可能是他们从那儿跑开了，或者躲在哪块没滚落的岩石后面了。”

“希望你是对的。”汤姆嘟哝道，“但现在山崩停了，我看下面都没有活物了，乔。”

“咱们着陆去周围看看吧！”

汤姆赞成，他目光扫视着山边刚爆发过山崩的地方，准备找降落点。正在这时，他看见两个人在跑。他抓起了双筒望远镜，递给了乔。

“快看那！是不是那两个人袭击了你？”他紧张地问道。

乔盯着奔跑的人，直到他们消失不见，说道：“我觉得他们不是那两个原住民。”

汤姆开始猜想，仅仅是方圆数里之内就会有很多敌人。但他最担心的还是巴德和汉森，所以他在山崩处的边上选择了一块平地就降落了。平地很窄，也躲不过敌人的眼睛，但汤姆别无选择。

他驾着“蓝天女王”慢慢地低飞、降落。然后，他跳到地上，带头走向他们最后看见巴德和汉森的地点。他们在松软的废墟里一步一滑，漫无目标地搜寻着两位朋友可能被埋的地方。最后汤姆停了下来。

“乔，我们一点进展都没有。咱们计划一下再找吧。比如，咱们相距10米，都沿直线搜索，搜完一片废墟，转身再搜下一片地方。”

“太聪明了。”乔完全同意，他已经完全忘了头部受的伤了。

他们一起上上下下地走过一片片废墟，走到第四个来回，对找到巴德和汉森开始感到绝望，突然汤姆尖锐的眼睛看到了金属的光芒。

“乔！过来！”他喊着向有光的地方跑去，“我看到那儿有东西！”

汤姆心跳加速，用力扒开金属上的泥土，一把铲子露了出来。

“是我们的铲子！”他喊着用力拉，终于把铲子拽了出来，“巴德或者汉森一定在这干活来着！”

“那咱们也再挖一挖试试吧。”乔提议道。

汤姆重燃希望，踢起了土，乔回到飞行实验室去取铲子，还拿了两根撬棍来移动重些的石头。他们俩拼命地干了半个小时，清除了部分废墟，但是尽管清理了比较大的一块地方，却丝毫不见那两位失踪朋友的影踪。

汤姆神情严肃，他擦了汗，拄在铲子上，看着同伴：“乔，可能我们搜错地方了，说不定是山崩把那把铲子冲了下来，这根本不是他们刚才干活的地方呢。”

“有可能。那你想往上走10～15米么？”

“好，要是不知道巴德和汉森的消息，我没心休息。”

他们沿斜坡往上走，重新开始搜寻。两人合力，一起用撬棍移开了几块很重的岩石，才挖得动土和四散的小石块。

汤姆精疲力竭，叫了暂停；两人坐下来，靠在一块巨石上喘着粗气。汤姆本来在搜寻着换个地方挖，乔看向他时，却见他难以置信地瞪大眼睛，整个人僵住了。

“汤姆！又怎么了？”

他转身看见两个蹲伏的身影从悬崖旁边向这边来了。汤姆感觉全身冰凉，听到乔吓得已经开始喘粗气了。

过来的是原住民，两人脸上涂着浓妆，都是箭在弦上，对准了汤姆和乔。

“汤姆，我们完了！”乔喊道，“他们就是之前差点把我抓起来的混蛋！”

汤姆和乔别无选择，只能待在原地，举起双手。汤姆想，如果他们无意反抗，原住民可能就会放下弓箭。他感觉到一旁的乔身体在发抖，低声说道：“站稳了！”

“我是站得很稳。”乔低声回答，“就是我的身体不稳。”

虽然身临险境，汤姆还是被他的朋友逗得笑了起来。

两个原住民有一分钟的时间没有动，汤姆也是第一次看见这么大块头的人僵直地站在面前，如同雕塑。

“他们一定在等其他人。”汤姆想。

终于有一个原住民稍微放松了一点，他的黑眼球盯着汤姆和乔，然后松了弓，放下了箭。他对同伴含糊不清地说了句什么，然后走到俘虏身旁，显然是要检查他们身上有没有带刀、枪或者其他武器。

另外一个野蛮人的弓紧绷着，二人不敢有任何反抗。那个原住民在他们身边绕了一圈，最后终于停在他们面前。这会儿，他的同伴也放下了武器，朝他们走来。

汤姆迅速决定做出和平的手势。他慢慢地把双手伸出来，掌心摊开。

“是朋友！”他说。

两个原住民只是盯着他，面无表情。他们近乎轻蔑地嘟哝着交流了一下，箭仍然在弓上备战，然后走到了俘虏的身后。汤姆和乔感觉到尖利的箭头顶着他们的后背。

“他们想让我们开始走。”汤姆对大厨低声说道，“我想是没有选择了。”

“他们当然不是说着玩的。”乔说，“原住民的箭可说笑不得。”

二人在前面走，原住民在他们身后紧紧跟着，有一点磨蹭马上就会被箭头扎到。汤姆和乔走什么方向，是由谁某一刻感到身后被扎了一下决定的。

他们穿过了山上的斜坡。乔试着用方言问了一两个问题，希望原住民能明白，但唯一的回答是身后的人比之前扎得更用力了。

走了很长时间以后，他们来到了有些树木的地方，有四头驴被拴在树上。一个原住民站远了一些，用弓箭对准汤姆和乔，另一个人则让他们明白指令，爬到驴上去。

他们骑到驴身上之后，野蛮人把他们的双手绑在了身后。他们甚至都不能用缰绳来赶驴！

“真是好极了。”乔大声吵着，“我在这上面就像个矮胖子，要是那畜生脚滑了怎么办？”

“驴子不会脚滑的，乔。”汤姆对他说，“只要你别自己摔下去，驴子就会把你载得很稳当。”

这时，抓他们的人也骑上了驴，弓箭仍然在备战状态。原住民抓起两个人骑的驴身上的缰绳，带路从矮树中走，穿过了一大片空地。他们就快到对面时，身后传来了震耳的响声。

“怎么回事？”乔喊道，“又山崩了吗？”

汤姆面如死灰。“是飞行实验室！”他喊道，“他们把实验室也抢走了！”

第二十二章 急中生智

“那些叛军比咱们还聪明！”乔低声叹道。

令他和汤姆惊讶的是，抓他们的原住民看起来不知道这是他们计划的一部分。他们第一次停下了脚步，不解地看着周围。

“他们还是紧紧地拿着那些该死的弓箭。”乔看着两个野蛮人说道，他希望能有机会逃脱呢。

过了一会儿，原住民踢了驴身两侧的脚蹬，想赶它们快点走。他们自己的坐骑确实快了一些，但两名俘虏的坐骑却止步不前。

突然，喷气推举器的声音更大了，“蓝天女王”飞到了他们头上。

“它飞走了！”汤姆看到他超棒的飞船就在眼前消失，几乎绝望地喊道。

对于汤姆·斯威夫特来说，这一刻比世界末日还糟。爸爸、巴德和汉森都不见了，他和乔还被俘了！

突然那艘巨大的飞船倾斜机身，飞了回来，停在他们头上，然后开始慢慢降落。几头驴子被飞机的狂啸惊到，开始又踢又跳。汤姆和乔被甩到了地上。

“那个笨飞行员！他是要干吗，想坠机吗？”乔喊道。

“他向我们俯冲下来了！”汤姆喊着想站起身来，又发现双手被绑在身后很难起身。

原住民也开始喊起来，喊着奇怪的话，徒劳地想让混乱中的驴子安静下来。但飞行实验室向着他们飕飕地飞来，他们不再喊话，放弃驴子逃走了。几只驴子自由了，穿过斜坡疯跑起来。

突然，飞行员使用了喷气推举器，“蓝天女王”在半空中停住。大飞船只停了一下，然后就缓缓落地了。

“他们要来抓我们！”汤姆对同伴嘟哝道。乔摔了一下，吓得都不会跑了。

突然有声音传来：“等一下！”

二人转过身去，看见汉森跳到地面。驾驶舱的窗口有张熟悉的面孔向他们开心地笑着。

“巴德！”汤姆喊道。

副驾驶巴德和汉森一起过来了。两人跑向他们的朋友，解开了他们手腕上的绳子。

“你还活着，谢天谢地！”汤姆大声说道，“是怎么回事，发生什么了？不是山崩了吗？”

巴德朝他的朋友淡定地一笑：“山崩和我们擦肩而过了，汤姆。我说，咱们离开这儿吧，到飞行实验室里再告诉你们。”

汤姆和乔跟着另外两人进了飞行实验室。舱门重重地关上，巴德启动了推举器。飞行实验室在空中高飞，脱离了危险，几个人讲起各自的经历来。

“我们险些就被埋在第二轮山崩里了。”汉森讲述着，“我和巴德跑去找地方躲，结果找到了一个洞穴。我们在飞机里看着你们呢——我说，你们是怎么逃开的？”

汤姆简单说了一下乔受攻击的事，还有他们很幸运，想去飞船上取药品时，正好山崩来袭。

“汤姆，要到你降落的地方。”巴德继续讲他们的经历，“我们爬上爬下了好一会儿。我们看见那两个野蛮人抓住了你们，但太远了帮不上忙，所以就去了飞船那——嗯，剩下的你都知道了。我们向那些原住民俯冲时，真把他们吓坏了。”

“我觉得应该谢谢你们。”乔说道，“但你们确实吓到了我，还有我骑的驴。我以为飞机要降落在我背上呢！”

“在那降落是够宽敞了。”巴德开玩笑说，紧接着他又严肃地问，“我们现在去哪呢？”

“最好不要走太远。”汉森说，“但最好也别离太近，不然地面的敌人会知道我们的方位的。”

“咱们搜一搜周围吧。”汤姆提议道。

他们在周边检查的时候，汤姆去检查了一下“蓝天女王”，看突然升空有没有造成什么损害。他到了安装达蒙镜的地方，被眼前的奇异景象惊呆了。微型胶片已经从照相机里分离出来——照相机在飞行时会自动开启——落在机舱乱糟糟的东西中。

“全是黑的！”汤姆激动地自语道，他捡起了一部分胶卷，来确定是冲洗过的。“上面拍到的完全是放射性矿！山崩一定是打开了一个巨型矿床！”

汤姆兴高采烈地跑回去，告诉大家他的发现。巴德激动地欢呼起来，又大笑着说：“那些用炸药的人真是帮了我们大忙了。”

“也会帮到他们自己的。”汤姆说，“咱们不能让他们得手。”

他等不及要马上开始研究矿石样本，但汉森伸手拦住了他。

“有些人就是不懂得劳逸结合。”他说，“你就是这样的人。你这一天已经够紧张了，汤姆。明天再研究矿石怎么样？在去营救大家之前，你合眼休息一会吧。”

“有道理。”汤姆承认，“救爸爸和那些人是最重要的。”

他们快到选定的降落点时，巴德不太放心自己把这么大的飞机降落到那么窄的地方，他问汤姆想不想接手把飞机降落。

“我觉得你行，巴德。”汤姆说道，“注意一下那个峡谷的山壁就好，空间会有点窄。”

大家都屏息观望，巴德熟练地操作着“蓝天女王”低飞到狭窄的山缝中，毫不费力就平稳落地。

“这飞得真是漂亮。”几人走到峡谷的平地上时，乔说道。

“真漂亮。”汤姆赞成说，“要是那个变色龙机罩没丢，我们就能完全隐蔽起来了。”他仰头透过狭窄的山口向天上望去。

“是啊。”汉森若有所思地说道，“但就算没有机罩，叛军的飞机也要飞到我们正上方才能发现我们。”

乔想起了上回山崩还有事发原因，看着高耸的石墙，不禁颤抖：“上面来一包炸药就把咱们埋在这下面了，得下个世纪才能有人发现咱们。我待在下面这个洞里真是不舒服，一点安全感都没有。咱们要是把‘蓝天女王’涂上石头一样的颜色多好啊！那敌人就发现不了了。”

其他三人一齐盯着他看。

“你这脑袋里真有点东西！”汤姆喊道，“贮藏室什么颜料都有。”

乔拿来了几罐红棕色、绿色、灰色、紫色的颜料，非常像峡谷石壁和地面的天然色。四人同心协力，每人用一种颜色。汤姆和巴德在机翼上面涂上了巨大的条纹，其他两人给机舱和机身上色。涂完以后，汤姆从高处看了一下。

“现在要看见这飞机，就得爬下来才行了。”他说。

还没全涂完，乔就不见了。汤姆说这话时，他出来叫大家吃晚饭。吃饭时，年轻的汤姆一言不发。巴德知道朋友的沉默说明他在思考问题，他问道：“又琢磨什么呢，机长？”

汤姆笑了。“我想发明一种异想天线，能接到肖普顿或者帕普丘首都去。就算可能被发现也值得冒险。”汤姆说着，表情凝重起来。

“我不明白那要怎么做，汤姆。”汉森轻声说。

“有一种可能。”年轻的汤姆继续说，“你们都看见峡谷远处的那些星星了吧，就是冲向太平洋那头的。我要往那边发个信，确保有飞机能接收到。”

“听着不错。”巴德说，“但还没法保证电力足够一直传到那边不被拦截。”

“可能有。”汤姆回应说。

汤姆晚饭后直接去工作了。他用“蓝天女王”的一个蒸汽发动机来启动一个简易的定向电波传输仪。

“我希望，有了这个外力……”他对其他人解释道，“就能把信息直接传上去，越过安第斯山脉。某个地方的接线员能够接收到，就能把信息转发到肖普顿。”

“那叛军不是也能截获这信息吗？”巴德问道。

“我想，会有足够的电力把信息传出去的。”汤姆答道。

不到一个小时，他就把装置完善，用这个强大的即兴发明来发信息了。

“这太疯狂了，等于用蒸汽机车来给旅馆加热。”巴德大笑着说。

汤姆传输完毕，打开了接收器，里面只有混乱的声音。乔为了掩饰失望，借口说他要去厨房了。

“一片混乱，没什么希望！”静电继续响着，巴德大声说道。

“可能是。”汤姆说，“但我有个想法，我觉得我们有机会从这些混杂的声音里破解出点什么。值得一试。”

汤姆开始播放一卷录音带，选取了大约三分钟混乱的噪音。他一次一次地回放，听到的是不知所云的行话，混杂着如同夹板锤一样断续的噪音。

“不行。”巴德说。

汤姆自语道：“除非，我把干扰的外音擦除，只留下我想听的声音。”

“我可听不懂了。”

“比如你有一张纸，上面有条信息。”汤姆说，“有人在纸上乱画，你就看不清字了。要是你特别想看到字的话，就得把乱画的部分去掉。”

说话间，汤姆拿出了微分高调波解析仪，打开了灯。他在研究出现的多个序列的角形图。

“中幅振动的这种。”他指着说道，“是一个男性的声音。”

汤姆小心地在其他图形上也涂着漆。漆干了以后，他把带子用转码仪播放出来，声音清晰可辨。汤姆对着巴德开心地笑了，巴德抓起对讲机呼叫厨房，对乔喊道：

“接通了！戛纳号A国军舰的舰长收到了我们的信息，正在把它转发到附近沿海的一条气象观测船上。”

“天哪，请你尝尝海军豆吧。”大厨高喊道，“汤姆又成功啦！”

“我们现在要做的，就是等待回复。”汤姆叹了口气，看着表说，“我们要想解开烟雾信号之谜，就要深入敌人内部，巴德。汉森，你接手这里好吗？”

“我保证不离开仪器。”工程师答应道。

汤姆和巴德穿上保暖的衣服，乔一定要他们在宇航服口袋里塞上三明治。他装好了两暖瓶可可粉，送上了直升机。巴德对他表示感谢，大笑着说：“乔，有了这些，就算我们被抓了，也还能坚持一会儿呢。”

大厨的眼睛都快瞪出来了。“嘿，等会儿！你真让我想到了什么。那些混蛋叛军应该总有开小差的时候吧，对不对？”

“不用担心啦。”汤姆笑道，“你说得对，乔。我和巴德要去弄明白爸爸和罗伯茨是不是就在我们看见烟雾信号的附近。是的话，我们就救出他们，带回这儿来。”

乔这才放心：“好吧，一切顺利！”

他和两名飞行员用力推开了“蓝天女王”飞机库的后门，把直升机推下了便携跑道。几分钟的工夫，汤姆和巴德就出发去展开“烟雾信号行动”了。

第二十三章 营救俘虏

微型直升机在峡谷中呼啸着升空。在黑暗中，汤姆要异常谨慎，否则就会把机翼撞碎在山壁上。凭着长时间的练习和经验，他很快就轻松地把飞机开出了峡谷。

他在空中停了一下，在山峰间辨别方向。然后他根据目的地选定了航线，希望在那儿能营救出大家。飞行了十分钟后，他转向巴德说："我觉得就是这儿了。我们开灯找找那片降落区怎么样？"

巴德打开了紫外线探照灯，两人瞪大眼睛寻找前一天早上划出的长方形地段，却什么都没看见。

"太诡异了。"汤姆低声说。

他又绕着这片山区飞了几分钟，还是没见到任何荧光粉的痕迹。

"希望那东西不会这么不中用。"巴德忧心忡忡地说道。

"不会，肯定不会的。"汤姆说，"看！在那！"

几乎就在他们正下方，一条细线正闪着清晰的紫光。

"现在可以动手了。"巴德说，"不知道咱们会发现什么。"

汤姆很严肃，也和巴德一样好奇，驾驶滑行船加速直飞向前，然后小飞机慢慢地降落到了场地中间。飞机着陆的那一刻也只有很微弱的轧地声。他们关掉了探照灯和点火器，汤姆拿着一捆粗绳子，两人爬了出来。

“巴德，你带手电筒了吧？”他们小心地从直升机旁离开时，汤姆小声问道。

“带了，但不到迫不得已，最好不用。”

“对。”

“走哪条路呢？”巴德问。

“烟雾信号是从左边升起来的，去那边试试吧。”

汤姆领路，二人小心地前进。巴德踢到了一块松动的石头，石头滚了出去，静夜之中滚动声十分清晰。接下来的几分钟，二人一动不动地站着，看是不是有人听见了他们的动静。但四下无人，巴德低声说道：“没问题。走吧！”

两人踮着脚尖，每一步踩下去之前都探好路况，就这样在岩石间一寸寸地前进。

“嘘——嘘嘘，巴德！”汤姆一只手伸到后面，拼死压住了他朋友的肩膀。“看！”

在他们右边突出的岩石边上，有两个离得很近的亮点。一会儿缩小成针尖大小，接着消失不见，然后又出现了。

“是眼睛！”他对巴德嘘声道，“有野兽！”

他打开了手电筒，照向正前方，发现是南美洲山狮吓人的面孔。野兽低下头，喉咙里低吼着，转身逃走了。

“天哪！”巴德低语道，“真是只友好、可爱的小狮子！希望不要再遇到它的同伴了！现在怎么办？”

“继续走。”汤姆关了手电筒说道，“我看远处有光！”

看得见远处有微弱的光在闪。二人小心地走向光亮处，直到看见崎岖地面上的岩石和残株间闪动着小簇火堆，还有烧完的灰烬。

“有扇铁门！就是火堆那头。门是安在悬崖石壁里的！”

“有哨兵——在火堆旁靠着岩石蜷着呢！”

“他睡得正香！”

二人尽量隐蔽前进，几乎到了土著门卫的头上。他的一只胳膊上戴着一只特别的腕表，两人都看出来了，那是斯威夫特先生的东西！

“趁他来不及喊，捂住他的嘴。”汤姆吩咐巴德，“我抓他的胳膊。”

他们形如一人，从藏身处跳下，落在那个迷糊的人面前。他还没来得及出声或者反抗，就完全被控制住了。汤姆从衣袋里拿出绳子和手绢，和巴德把他绑了起来，堵住了他的嘴。他来回挣扎着，目露凶光。

“这是些钥匙。”巴德把他的衣袋都翻了一遍，“还有个哨子，没有枪。”

“应该有一把钥匙是开这扇大门的。”汤姆说，“咱们试试。”

他们一把接一把地试着。在过了不知道多久以后，一把钥匙开锁时发出了“嘎嗒”一声，他们一下打开了那扇特别大的门。

汤姆权衡了一下形势，不确定里面会不会还有其他守卫。

“应该一个人留在这放风，另一个人进去。”他决定道，“巴德，我进去一探究竟，你觉得怎样？”

副驾驶员点点头，在外面站起了岗。

“要是有人来了，就吹哨。”汤姆小声说完，从大门走了进去。

汤姆打开了手电筒，向黑暗中瞥过去，想对整个地形有个大概的印象。洞穴里什么都没有，但在里面很深的地方，他能看见有扇门。

他小心地向这个新障碍靠过去，洞穴内的长度比他之前以为的要长。他越往里面走，棚顶与地面的高度越窄，最后到了门前，他只得蹲成半人高。他发现门锁着，又拿出守卫的钥匙来试。前三把都打不开，第四把“嘎嗒”一声把锁打开了。

“谁？”汤姆关掉光源，把门推开时，有个声音喊道。

那个人的英语没有口音。汤姆决定冒个险，他答道：

“我是从A国来的朋友。”

“进来吧。”另一方做出了邀请。

汤姆打开了手电筒，四下照着。在冰凉的土地上铺着毯子，有四个人本来躺在那里，此刻迫不及待地站起身向他打招呼。汤姆认识其中一个人。

“约翰·罗伯茨！”他喊着向那人跑过去。

“汤姆·斯威夫特！你从哪儿——怎么来的？”

罗伯茨腾地站了起来，紧紧握住了他朋友的手。然后他向汤姆介绍了其他人，都是来自南美的科学家。

“你怎么过守卫那关的？”罗伯茨问道。

“我和巴德·巴克利把他制服了。巴德在门外等着呢。约翰，你看见我爸爸没有？”

“你爸爸？没有。”罗伯茨答道，“他没和你在一起吗？”

“我有段时间没联系到他了，只怕他也被拘禁起来了。门口的守卫戴的是他的表。”

“叛军们没提到过他。”罗伯茨说，“所以那个守卫可能是捡到的表，或者是偷来的。”

“那可能爸爸没有被抓，一切都好！”汤姆满怀希望地说，“对了，你们觉得看守什么时候会回来？”

“早上之前不会回来，早上也不一定能回来。”罗伯茨说，“经常好几天里，我们除了门卫看不见别人。这里面冷得要命，他有时会给我们拿来一小堆木头点火，有时会拿来吃的，也就是点玉米糊。”

汤姆这才注意到这几个人多么虚弱、憔悴，他们根本走不了多远。他从衣袋里拿出乔给他带的三明治，还有些他总是随身带着应急的食团。他很后悔没把暖瓶也带来。几个人吃东西时，他提起了巴德和他来到这儿，是因为SOS烟雾信号，问是不是他们放的。

“是的。”罗伯茨答道，“我们省下来一些木头烧了来发信号，那是我们唯一的希望了。我们断断续续地从洞穴的小石缝里发信号，有两周了。谢天谢地，你们看见了。”

“你们已经被囚两周了？”汤姆看着湿冷的囚房问道。

“是啊。开始，抓我们的人把我们从一个地方转到另一个地方，最后来了这儿。这儿实际上是一个用了上百年的牢房。”

“是谁抓了你们？你知道他们叫什么吗？”

“哦，知道。有一个叫佩德罗·卡诺瓦——”

“卡诺瓦，是吧？我自己也被他折磨过。”

“还有一个叫弗里茨·曼纽尔。”

“曼纽尔！我们把他抓住过一次——当时他用的化名——但

让他跑掉了。”接着汤姆又问，“他们的头儿是谁？显然他们是给一个幕后老大跑腿的——可能是一个别的国家的人。”

罗伯茨也不知道。他只听到弗里茨·曼纽尔和卡诺瓦很含糊地提到过“老板”，却不知道指的是谁。他们从来不提真名。

“但我知道一个情况。”罗伯茨说，“这个团伙有个成员是半球协会的，我听到卡诺瓦提到他们得知你的计划，就是那个叛变的成员提供的信息。”

汤姆意识到，这个神秘人物很可能就是截获了帕普丘警方情报，设计要伤害汤姆这一行人，还要毁掉飞行实验室的人。他在想可能会是谁。每个人在被半球协会接收前都要证明自己在科学方面的才能。叛徒会是谁呢？

“约翰，卡诺瓦和曼纽尔打算把你和其他人怎么样呢？”

“他们要让我们完成一些有关铀的测试——但他们要先处理掉你和你的同伴。你加盟这个行动是个意外，打乱了他们原来的完美计划。”

汤姆点点头，比之前更急于战胜敌人。几个人一吃完饭，他就问他们是否有力气走了。他们表示可以，迫不及待想要重获自由。

汤姆打着手电筒，几个人开始往外走。在通往大门的方向走到半路，汤姆听到了一声尖利的哨响。

他在牢房的通道中拼命地跑向大门。到了大门，他最担心的事发生了。大门一圈有锁链，还有挂锁——汤姆本能地想到，他没有钥匙能打开挂锁！

借着外面昏暗的火光，他发现绑起来的守卫和巴德都不见了！

第二十四章 乔的窘境

“F-L呼叫！1014呼叫！请回复！”

汉森坐在短波仪前，乔在周围走来走去。

“在你嗓子哑之前，这句话你要重复多少次呢？”大厨问道，“现在才说了五百次。”

工程师对他无力地一笑。“乔，你要对付像叛军这么危险的敌人时，是不能放弃的。”他说，“你来试一会儿怎么样？”

二人换了位置，大厨开始尝试接收到远处无线电消息，这个任务很是单调。汤姆之前尝试未果，汉森决定试一试旧式的方法。

“想一下。”乔说，“F-L表示飞行实验室，1014是我们飞机的号码。我试一下S-Q表示‘蓝天女王’怎么样？或者是汤姆-S？”

“不行，不能用汤姆-S。太明显了。”汉森反对道。

“那两个家伙可是走了太长时间了，我真心希望他们没遇到什么麻烦。”乔说。

汉森也担心起来。如果两个人回不来，他又联系不到外界，那该怎么办呢？去调查烟雾信号来源，还是冒险把大飞机开到最近的城市去求援？

“F-L大厨呼叫。”大厨打破常规地喊道，“是乔在线。完毕。”

汉森有点担心，但还是笑了。过了一会儿，笑容变成了难以置信的表情。乔切换到刚接进的电波，一个声音非常清晰地说道：“瑞普考德呼叫乔。收到你上司的消息了。”

“哇，请你穿我的宇航服！”大厨喊道，他吃惊过度，忘了调开关。汉森一跃上前，打开了开关。

“瑞普考德，请回复。”他说，“乔和朋友们在F-L上。你在哪？”

对方很快回复：“Com Cincpac 1280。”

乔看起来很疑惑，但汉森当过海军，他解释说这句话是说那名顶尖的飞行员在太平洋，在利马以西不太远的地方。

“请回复！到这来！来救我们！”乔激动地喊道，“那些印——”

汉森伸出手指提示他不要说，把他们的方位泄露给敌人就太鲁莽了。

“瑞普考德知道我们要去凡拉诺。”工程师悄声说道。

“SOS！”他对着话筒喊道。

“早上见。”瑞普考德允诺说，“在——”

静电干扰终止了对话。乔和汉森不知道是天气原因还是叛军截获了他们的波长。

“反正，咱们接通了。”乔很满意，“汤姆·斯威夫特再进来的时候——”

“汤姆·斯威夫特不会再进来了。”一个冰冷的声音在他们身后响起。

他们转身看见一个黑皮肤、高颧骨的陌生人，他目光逼人，笑容诡异。他身后有几个原住民。他挥了下手，只有一个原住民留下，其余的都退到了外面。汉森和乔知道他们成俘虏了，但还是表现得很镇定。

“你——你是谁？你要干什么？你怎么来这儿的？”乔脱口而出。

“不用管我是谁。”这个男人讲话带着极细微的外国口音，他微微笑着，“我可能看不见你们的飞机，但我的原住民朋友——他们看家很是在行，这个峡谷的任何蛛丝马迹都逃不过他们的眼睛。老实点，还有条活路。”

“你说汤姆·斯威夫特不会再进来了，是什么意思？”汉森问他。

“那个伟大的年轻人——我刚收到短波消息——已经是我的俘虏了。他那著名的父亲——也在我们手里。”

“巴德·巴克利呢？”

“我不知道。我的朋友们——他们把他带走了。”这个折磨他们的人眼角露出了狡黠的光，“他可以给我们当个出色的飞行员，不是吗？”

“什么，你们——！”

乔跳上前去，想掐住这个陌生人的脖子，但陌生人一声口哨，那几个原住民进来了。厨子住了手。

“你们知道，你们也是我的俘虏了。”这个长相邪恶的人大声说，“但我这个人很有耐心。你们满足我一个条件，就可以自由。”

“什么条件？”乔问道。

陌生人故意拖延了一会儿没有回答。他点了一支烟，来回走了好一会儿，最终说道：“首先，我先向你们简要介绍一下我自己。我出生时是欧亚混血。”

欧亚混血！汉森和乔马上想到了里斯考尔，就是被瑞普考德抓起来的那个欧亚混血的人。他们是一伙的吗？

那个人继续说道：“我可以选择为欧洲或亚洲效力，要看哪一边最利于我达到目的。”

“你是说，你不会只帮哪一个国家？”乔脱口而出。

“有必要只帮一个吗？”那个人彬彬有礼地问，脸上笑容中带有一丝不屑。

“当然必要！”乔喊道，“怎么，你个卑鄙的——”

汉森抓住了厨师的胳膊，让他控制怒气。“最好听这个人讲。”他明智地建议道。

那个人点点头。面对乔爱国式的愤怒，他显得很淡定。他到一个同伙那里，低声吩咐了几句，就回到了两个俘虏面前。

汉森始终在盯着几个原住民。这位工程师已经决定，如果原住民把飞机留下，他要冒险扑向那个欧亚混血，控制局面。

“我继续讲。”陌生人说道，“现在最符合我心意的，就是把这些山里的矿石运出大西洋，交给一位领袖。凡拉诺的叛军——他们太愚蠢。我就是利用他们，但不会用太久。我需要更多的工程师——还要一位好大厨。”

“不用看我！”乔大喊道，“我不会跟一群混蛋叛军一伙的，也不会和欧亚混血的叛贼一伙！”

欧亚混血的陌生人眨了眨眼睛，第一次看起来生气了。但他不理会大厨的指控，相反说道："你们两个看起来像聪明人。为什么要和斯威夫特那家人，和那些A国北部的人搅在一起呢？"

"你什么意思——他们是我们的朋友！"汉森喊道。

"那倒是，但只是在他们有求于你的时候吧。来加盟我们，你们就有钱了。"

汉森突然有了个主意。他和乔要逃生，只能把这个人和他的随从们留在飞行实验室里，等到瑞普考德和警察到这儿。工程师决定采用拖延战术——陪他玩一会儿。他还没开口，乔喊道："你要是没朋友，要钱有什么用？不，先生，我永远都不会背叛斯威夫特一家，还有祖国，还有我的家乡。就算给我全世界的铀都不会！"

"那你就等着尝苦果吧。"来人说道。

"先生，您姓——"汉森张口说话了，他停了一下，希望抓他们的人会透露一点身份信息，但等了半天他也没出声，只好又继续说，"你说的可能有点道理。但如果咱们要推心置腹，我实在应该知道怎么称呼您。"

乔听了汉森的话，惊得瞪大了眼睛，那个欧亚混血用逼人的目光盯着工程师。看这个人毫无戒备地笑了，对方也放松下来。

"我说了你很聪明。"他说道，"现在你终于想明白了。你可以叫我弗拉迪米尔。"

汉森咳嗽了几声，来掩饰心中的得意，他的计谋进展很顺利。

“弗拉迪米尔先生。”他说，“如果我加盟贵军，可以给我什么保证能一夜暴富呢？”

“我可没承诺一夜暴富。”那个人马上答道，“还有很多事情要做，但结果——一定是最完美的。”

“但是现在我就需要钱来养家。”汉森说。

“你会有丰厚的薪水。”弗拉迪米尔说，“等任务完成，利润咱们一起分。你应该多得，如果你的工作——”

“我接受工作的话。”汉森坚定地说，仿佛对方冒犯了他一样，“我会投入全部时间和精力的。”

“很高兴听你这么说。”欧亚混血说道。

乔再也受不了眼前的情景了。他冲向汉森，使劲摇着他，直到他脖子嘎嘎作响。

“你是疯掉了吗？”他难以置信地大喊道。

“退后，不要插话！”弗拉迪米尔下了命令。

乔放了手，但开始嘟哝威胁工程师的话。汉森想给忠诚的厨师一个眼色，好让他明白是怎么回事，但又不敢，怕让弗拉迪米尔看穿了他的把戏。乔被急转直下的情形打败了，坐进了椅子里。

“请你坐我的驴子，用我的鞍！”他说着，闭上了眼睛。

欧亚混血建议，他和汉森到个安静的地方去，不让别人打扰他们谈话。工程师可不喜欢这个始料不及的建议。弗拉迪米尔可能在假装相信汉森会加入叛军。要是独处的话，这个残忍的叛徒可能会强迫工程师透露飞行实验室里秘密仪器的信息，也可能杀了他！汉森努力交涉了一下。

“弗拉迪米尔，你的提议要秘密到你的自己人都不能听吗？”他问，“我们不用再担心乔了，他在我们手里，玩不了花样。”这个年轻人又靠近欧亚混血一些，低语道：“我甚至可以说服乔来加入你们这边呢。”

最后这句话好像让欧亚混血动心了。他不屑地看了一眼倒在椅子里的人，说：“那咱们说正事吧。首先，我们讨论一下怎么利用你们精良的实验室来为我们服务。”

汉森瞟了一眼腕表，快四点了，天已破晓。早上援军就该到了，他希望能早点到。他只需要把弗拉迪米尔拖到瑞普考德到这里！

“我必须要成功！”工程师自己暗下决心。

第二十五章 奇妙的发现

“我们没法毁掉这扇很重的铁门。”罗伯茨对汤姆说，他们靠在山中囚房的栅栏上。

“就算能毁掉，对我们也没什么太大用处。”年轻的科学家回答说，“又来了一个守卫。我们有一点动作，他就会叫来一队凡拉诺叛军。”

眼看天要亮了，罗伯茨和其他科学家感到完全无助，但汤姆已经开始想怎样能成功逃脱。他离开其他人，回到他们之前被囚禁的牢房，想也许有什么方法能把之前发送烟雾信号的小出口扩大。

汤姆查看了一下，确定是没法扩大的。山岩坚如燧石，牢房里又没有任何工具。

“那我们唯一的希望就是发送更多烟雾信号，也许有好心的飞行员看见，还能读懂。”汤姆下了决心。

他想找到些木头，但一点都没找到。科学家们已经把极为有限的供给用光了。

“一定会有出路的！”汤姆沉思道，突然他打了个响指，“就用这些山岩，附近一定有碳层，可能还有些地衣。”

他激动地开始搜寻，用手电筒照着岩壁。发现了几种矿石，包括一条小的铀矿脉，但现在这些都不重要了。他找到了用来点火的地衣，但要是没有燃料来保住火苗也是没用的。

汤姆彻底搜遍了洞穴——洞顶、地面、每一面石壁——一寸地方也没放过。在他打算回到长廊时，他突然注意到了什么，脸上浮现出满意的笑容。

“太好了！”他大声说。

有一小条黑色的矿脉从地面延伸至穴顶。汤姆掏出结实的小刀，开始刮起来。这种黑色物质基本是纯石墨！

用小刀刮起来很快，效率很高。汤姆一大把一大把地抓起这珍贵的粉末放到一个小石缝里，准备好随时可用。他堆起了相当大的一堆，又在那堆可燃的石墨粉上放了一包带来的火柴，就赶快回到他的同伴身边去了。他看到他们还在门边挤在一起。外面的火堆早就熄灭了，山上的空气也凉得很。汤姆告诉了他们自己准备的东西。

“如果听见飞机声，我们就发出SOS信号。”他提议道。

“但要是被当权的叛军发现了，可不会有什么好果子。”罗伯茨绝望地说。

“但也可能被来找我们的营救队看见，还能带来警察。”

又过了半个小时，能听见远处有马蹄声，佩德罗·卡诺瓦骑着马嘎嗒嘎嗒地过来了。到了大门口时，他勒住了马。他的黑眼珠看着比以前更邪恶了。这个叛军透过门栅栏瞥向里面，一下子就看到了汤姆。

“好啊！咱们又见面了，哈？看来天才的小汤姆·斯威夫特到底没那么天才。很久以前，你从窗户逃走，我就以为再也抓不到你了！哼，再聪明的人最终也逃不出佩德罗·卡诺瓦的掌心，是吧？”

汤姆没有应声，但卡诺瓦不在乎他的沉默，继续说道：“要是当初我们的炮火射中了你和你妹妹开的飞机——啪！就因为你多事，让我们浪费了这么多时间！”

汤姆气得咬牙切齿。

“你还想不让我们得到铀！”这个叛军继续说道，“年轻的斯威夫特先生，你应该有兴趣知道，就算是现在，也是我们在掌控着全局。”

他往汤姆身后望去，看着约翰·罗伯茨和其他几位科学家。

“既然我们找到矿床了，就不需要不听话的人了。要么归顺，要么就是死！”他挥着拳头喊道。

几个俘虏只是诧异地看着他。卡诺瓦平静了一下，继续道：“那个矿床啊！是世界矿藏最丰富的地方——全都是给凡拉诺和我们盟友用的。这会使她成为这里最富有的国家。有钱就会有权！”

他看着那些和罗伯茨一起工作的科学家们。

“有权，听见没？我们就能控制你们所说的祖国，我们会成为严厉的家长，我们凡拉诺！”

汤姆没在听他的吹牛皮了。他敏锐的耳朵捕捉到了另外一个声音——涡轮叶片的转动声！

“机不可失，时不再来！”他下了决心，“只能希望飞行员是我们的朋友！”

卡诺瓦继续狂吼狂骂着，汤姆对罗伯茨说了什么。好在这个叛军正忙着描绘凡拉诺的大好前景，没有注意到他们的悄悄话。

“约翰，去发一些烟雾信号。再发一次SOS！”

“好的！”

罗伯茨蹑手蹑脚地挪到了长廊后面之前囚禁科学家们的牢房里，这时汤姆重新吸引了卡诺瓦的注意力。

“我爸爸在哪呢？”他质问道。

“你爸爸，你的朋友巴德·巴克利，还有另外两个——现在都是凡拉诺的俘虏了！”他得意扬扬地说，“每一个都在我们手上。不用害怕，你很快就能见到他们。他们也会被带到这个洞里来。”

汤姆听到这些话，大大地松了一口气，至少爸爸还活着！

年轻的发明家又问了一轮问题，引得卡诺瓦继续自吹自擂起来。他讲到自己和凡拉诺的伟大前程时，双目放光。

“佩德罗，你就不停地说吧。”汤姆心中默默许愿，“说得越多越好！”

他滔滔不绝的自我吹嘘突然被一阵密集的枪声打断，卡诺瓦不见了。

紧接着又是一阵枪声，还有人们恐惧的叫喊声。洞穴里面的人能听见有当权人士在发布着命令。

在门外的矿层角落处，出现了一小组帕普丘的士兵。有两个人把卡诺瓦拖到了门口，给他上了手铐。他们身后是瑞普考德！

“瑞普考德！”

“汤姆！”

一名官兵把卡诺瓦向大门推了一把。“把门打开，你这个叛徒！”他用西班牙语命令道。

卡诺瓦又怕又累，乖乖地打开了栅栏。汤姆、约翰·罗伯茨和其他科学家高兴地欢呼着迎接营救人员，还热情地握着手。

“瑞普考德！你怎么刚好在这？”汤姆的激动稍微平静了一点时问道。

“我接收到一条来自戛纳号A国海军转发来的消息，马上就联系到了这些士兵。”飞行员答道。他介绍了迪亚兹机长，然后说，“我们已经在这周围飞了一个小时。一直到看见烟雾信号，才知道你们在这呢。”

卡诺瓦被迫交代了巴德被关在哪里，然后，汤姆去接回了副驾驶员，他毫发无损。汤姆说，他们必须尽快全部飞到“蓝天女王”那里，他肯定那也有麻烦了。两架直升机同时出发。

一行人走向飞机时，他们看见另一架直升机到了。飞机里下来了一个特派小分队，机长说他们要搜遍凡拉诺，抓捕所有叛军分子。弗里茨·曼纽尔、米格尔和团伙的首席飞行员费尔南多都已经被捕了。

汤姆和迪亚兹的机组马上都飞到了“蓝天女王”所在的峡谷。机长坚持让武装小分队在前面走。很快，就把所有原住民和惊愕的弗拉迪米尔抓捕了。

汉森和乔都没有受伤。工程师如释重负，解释了他怎样假装要归顺叛军来哄住弗拉迪米尔的，大厨听了面露羞愧。

“啊，看我这蠢脑袋，我一直都没看明白，”大厨大笑起来，“但咱们都自由了，能回家，我太高兴了。”

他话音刚落，大家注意到有一架小飞机在他们头上飞。

“我要开滑行船到峡谷上空，看看是谁。”汤姆说道。

他驾着直升机刚刚升空，那架飞机的机翼就倾斜着打起招呼，两张熟悉的面孔向他探过来。

“爸爸！里卡多先生！”汤姆高兴地喊道。

两架飞机一落地，父子就拥抱到了一起。

“你从叛军手里逃出来了！”汤姆喊道。

“儿子，其实我并不是逃出来的。我被博诺莫先生关押在昏暗的空房子里，是今早才被放出来的。他把我酒店的房间退了，把我严密监控起来了。”

“他是谁？”

“是半球协会里的叛徒。”里卡多答道，“就是他放佩德罗·卡诺瓦进去参会的。他一直和团伙头目孔特共事，就是他造成了每一次——那个叫什么——计划的泄露。”

“也是他阻截了电波，让警察没法来这，谎称你取消了命令，汤姆。”斯威夫特先生说道。

“博诺莫被抓起来了么？”他的儿子问道。

“是的。”里卡多答道，“多亏你，汤姆·斯威夫特，还有你的朋友瑞普考德。你们发送的消息才让警方动起来。叛军的政权已经解体了。”

迪亚兹的士兵把俘虏们带走了，大家松了一口气，坐下来说到这一系列的转折点多么幸运，还要让家人知道他们都安全。汤姆拿起了无线电接收器接收消息，是A国调查局总部发来的，说在A国叛军团伙的所有成员都已被捕，其中包括把桑迪绑在树林里的狠心夫妇。

“那就省了我自己动手找那两个人了。”巴德开口说，“就是我没机会亲手打那个混蛋了。”

“算了。”汤姆笑道，“你的力气现在对我有用。我们要挖点东西。”

然后，他提议大家飞到矿床所在地，取一些样本来分析。

“好主意，汤姆。”斯威夫特先生表示赞同。

“那也得吃完饭再走。”乔坚持说。

一小时后，全组人出发了。汤姆小心地把飞行实验室开出狭窄的停机位，很快就把它停到了之前发生山崩处的上方。

挖掘工作马上开始。工作很辛苦，但这次不像之前挖掘时那样被恐惧笼罩着了。汤姆在山边高处忙着，突然他高喊了一声。

“这有东西！这种山岩成分一定是那次爆炸中迸发出来的。”

听到这喊声，所有人都一齐赶了过来。斯威夫特先生、里卡多先生，还有约翰·罗伯茨协助着，都来查看汤姆的发现。

“就是这个东西，真的，我确定。”他宣布道，他的父亲和其他科学家都低语表示赞同。

“但到底是什么东西呢？”巴德问道。

斯威夫特先生认真研究了一下。“我觉得不是纯铀。”他说道，“但是比纯铀的价值是高是低，我就不知道了。”

“爸爸。”汤姆激动地说道，“现在我们就能证明飞行实验室的价值了！我们可以把这些矿石带回去，用巨型摄谱仪分析一下。”

矿石样本马上就被带到了实验室，汤姆在做实验时，大家都在一旁紧张地站着，期待着结果。几分钟之后，他分析结束。

“这是一种从来没被发现过的反式铀元素！”他宣布道。

斯威夫特先生很吃惊地补充道：“人类已经在原子堆里制造出了更简单的铀元素，比如钚和镅。但这种奇怪的矿石好像是元素序号更高的元素。我只能说，在已知的原子序列中，这种矿石是最高的。”

“我们的发现没落到叛贼团伙的手里，真是万幸！”约翰·罗伯茨说道，“这种元素对人类非常有用，但那些叛军得到的话，很可能用它把咱们都送上天。”

里卡多先生举手示意大家安静。“此刻，我该做的就是对斯威夫特探险队表达无限的感激，感谢他们此行所做的卓越贡献。”他宣布道，“汤姆·斯威夫特，我们祖国对你表示衷心的感谢。也要感谢你，斯威夫特先生，还有你的朋友们。”

“所以最合适的就是。”半球协会主席微笑着继续说道，“我们要给这种近乎神奇的物质起个特殊的名字，我们就叫它‘斯威夫特元素’吧！”

“太好了！”乔从走廊喊道，然后斯威夫特家族的崇拜者们也跟着激动地欢呼起来。

第二天，“蓝天女王”开始了回家的旅程。巴德在驾驶席上，汤姆和爸爸在他身旁。

“嗯，斯威夫特探险队的下一项任务是什么呢？”巴德问道。

此时，他还没意识到很快他就要在另一项探险中起到很重要的作用了，就是“汤姆·斯威夫特和核潜艇”，然后是“汤姆·斯威夫特和火箭飞船”。

汤姆对着巴德开心地笑着，说道：“想过要穿越地球吗？”

“没有，那下面对我来说太热了。”

汤姆看了看爸爸，问：“您猜出导弹上符号的意思了吗？”

“我觉得猜到了，你呢？”

“我也是。火星上的一组科学家不知道怎样能穿透地球的大气层。”

“我也是这么想的。”汤姆继续说道。

“他们想让我们去太空见面，帮他们解决这个问题，他们就能来见我们了。”

“我也是这么理解的。”

“那么，我们还等什么呢？”巴德喊道。

他笑着转身给喷气推举器加了全速，“蓝天女王”直冲上天。

“嘿，等等！”乔表示反对，“我得先在美丽的老家站一下！”

“汤姆造带火箭的舰船时，你有的是时间。”汉森说道，“对了，汤姆，你建造的原子潜艇怎么样了，就是可以在海里潜到最深的那个？”

汤姆咧嘴笑了。“巴德，你最好回家。我和那些火星人再另约个时间。”